長編小説

ゆうわく艶《えん》ドレス

睦月影郎

竹書房文庫

目次

※この作品は竹書房文庫のために
書き下ろされたものです。

第一章　何度でも射精できる力

1

「どう？　本社勤務は。二ヶ月でデスクワークにも慣れたでしょう」

「はい、大変ですがやり甲斐《がい》があります」

夕食をご馳走になりながら部長の美百合《みゆり》に言われ、浩樹《ひろき》は力強く頷《うなず》いた。

しかし美人部長と差し向かいのため緊張し、あまり料理の味も分からず、思わず喉が詰まりそうになったものだ。

何しろ、女性と二人での食事など初めてなのである。

白木《しろき》浩樹は二十九歳。CDを作る会社KKBに入社して五年になる。KKBは社長の姓、小久保《こくぼ》から来ている。

浩樹は二浪して大学を出たため、入社時は二十四歳。まず川崎にある工場で長く働き、ようやく真面目ぶりが買われてこの春から新橋にある本社勤務となったのだった。

仕事は、各音楽関係の会社からのCD製作の請負《うけお》い、時には音楽ばかりでなく語学や朗読など、あらゆるジャンルを任されている上場企業だった。

浩樹の実家は静岡で、川崎のアパートで一人暮らしをしていた。まだ独身で、陰険な上司、根津《ねづ》課長からは早く身を固めろと言われている。

確かに、浩樹はKKBでの仕事が気に入っているし、骨を埋める気でもいるので、そろそろ所帯を持って社会的信用も付けたいと思っていた。

しかしシャイで、今まで女性と付き合ったことはなかった。学生時代からスポーツは苦手で、もっぱら読書ばかりしてアウトドアの経験もない。中肉中背で顔立ちも平凡すぎ、まずモテるタイプではなかった。

それでも性欲は満々なので、オナニーは日に二回か三回。一度だけソープランドへ行ったことはあるが、あまりに事務的だったし、それに女体のナマの匂いを知りたかったのに、ソープ嬢は日本で最も清潔だからほとんど無臭で、物足りなかったという感想しかなかった。

もちろん今のままではいけないと思っていた。彼は正月生まれだから、二十代も残り半年。何とか年内には素人童貞を卒業し、結婚を前提とした女性と巡り合いたいと願っていたのである。

そんな折、真面目で大人しい浩樹が気に入ったのか、部長の高宮《たかみや》美百合が夕食に誘ってくれたのだった。

美百合はバツイチで子供はいない三十八歳。黒髪セミロングで颯爽《さっそう》たる長身、やり手のメガネ美女だった。浩樹も美しい大人の魅力に満ちた彼女に惹《ひ》かれ、妄想オナニーでは何度もお世話になっていた。

（こんな人の手ほどきで、素人童貞を卒業したい……）

差し向かいで食事しながらも、浩樹はついそんなことばかり思って股間を熱くさせてしまった。

（もしもさせてくれたとしたら、きっと美百合部長は、僕とのセックスに満足してくれることだろう……）

浩樹は、そう確信していた。

女体経験など皆無に等しいのに、この自信はどこから来るのか。

実は彼には、まだ誰も知られていない特殊な能力があったのである。

「ね、まだ早いわ。もう一軒行きましょう」

「はい……」

仕事の話ばかりだったので、軽くビールとワインを一杯ずつで食事を終えた美百合が言い、浩樹も答えて立ち上がった。一緒にレストランを出ると、彼女は浩樹と並んで歩きながら、ほんのり甘い匂いを漂《ただよ》わせた。

「白木君て、彼女はいるの？」

美百合が、歩きながら訊《き》いてきた。

「いえ、いません。今まで一度も」

「まあ、まさか童貞ってことはないわよね」

ほろ酔いもあり、美百合がストレートに言った。

「学生時代に一度だけ、風俗へ行きました。でも性に合わなかったです」

「そう、その程度じゃないかとは思っていたけれど」

美百合は言葉をとぎらせて少し歩き、やがて再び口を開いた。

「私と、してみたい？」

「え……？」

いきなり言われ、一瞬意味が分からず浩樹は思わず彼女の横顔を見つめた。

「セックスよ。どうせ自分でしてばかりだろうから、相当に欲求が溜まっているでしょう？」

「ぶ、部長と……？　酔ってますよ。そんな冗談を言うなんて……」

「冗談じゃないのよ。君が本社に転属してきてから、なぜか分からないけれど、どうにも気になって。嫌なら今の言葉は忘れて」

美百合が言う。

「い、嫌じゃないです。僕、部長のことをなんて素敵な女性だと思って、ずっと憧れていました……」

「本当？　じゃお酒は止《や》めて、あっちへ行きましょう」

彼女は答え、裏道の方へと進んでいった。彼方《かなた》にラブホテル街が見えてきて、浩樹は激しく胸が高鳴った。

今まで、いつ素人女性と懇《ねんご》ろになれるチャンスが巡ってくるかと、日々祈るような気持ちだったのだが、それがようやくやって来たのだ。

相手は上司だから、今後オフィスで気まずくなったら困るが、誠意を込めて頑張れば大丈夫だろう。

「じゃ入るわ」

やがて美百合が言って足早にラブホテルに入り、浩樹も従った。何やら激しい興奮に目眩《めまい》を起こしそうで、足も雲を踏むように頼りなくて、まるで夢の中にいるようだった。

美百合は部屋のパネルのボタンを押し、すぐにフロントで支払いを済ませてキイを受け取った。そしてエレベーターに乗り、五階まで上がった。

部屋に入ってドアを内側からロックすると、完全に誰も来ない密室に二人きりになり、彼の緊張と興奮もいよいよ高まった。

もちろん浩樹は、このような場所に入るのは初めてだ。中にはダブルベッドが据えられ、小さなテーブルとソファ、テレビと冷蔵庫が置かれていた。

「先にシャワー浴びてきなさい」

「はい！」

言われて、浩樹は元気よく返事をし、上着だけ脱いで脱衣所に行った。そこで手早く全裸になり、バスルームに入ってシャワーの湯を出した。

そして湯を浴びてからボディソープで全身を洗い、特に耳の裏や腋《わき》と股間は念入りに擦《こす》りながら、さらに歯を磨いて放尿もした。

さっぱりしながら気を高め、身体を拭いてバスタオルを腰に巻き、脱いだものを抱えながらベッドに戻ると、まだ美百合は上着だけ脱いだままで、冷蔵庫から出した缶ビールを飲んでいた。

「じゃ、横になって待っててね。私も急いで浴びてくるから」

美百合が言い、缶を置いて立ち上がった。

もちろん浩樹は、慌てて押しとどめたのだった。

「あ、あの、どうかシャワーを浴びずに今のままでお願いします……」

「だって、ゆうべお風呂に入ったきりで汗ばんでいるわよ。今日もいろいろ外回りで動いたのだから」

彼が言うと、美百合は驚いたように答え、少し戸惑った。

「少しぐらい待てないの？　洗ってからの方が良いでしょう？」

「いえ、ソープが性に合わなかったのは、無臭だったからなんです。女性のナマの匂いを知りたいというのが、長年の夢だったものですから……」

「まあ……、だって、嫌な匂いだったらどうするの……」

「綺麗な人は絶対に良い匂いに決まってます。どうかお願いします」

浩樹は懇願し、何度も何度も頭を下げた。すると、その拍子に腰のバスタオルがはらりと落ち、激しく勃起したペニスがバネ仕掛けのようにぶるんと急角度にそそり立った。

それを見ると、美百合もその気になってくれたようだ。

「分かったわ……」

彼女は言ってベッドに近づき、メガネを外して枕元にコトリと置いた。そして美しい素顔を見せ、照明を少し絞ってから、黙々と服を脱ぎはじめてくれた。

浩樹も全裸でベッドに横になり、みるみる白い熟れ肌を露《あら》わにしてゆく美人上司を見つめた。

背を向けてブラを外すと滑《なめ》らかな背中が見え、横から覗くようにすると膨《ふく》らみも実に豊かだった。着痩《きや》せするたちなのか、着衣だと割りにほっそり見えるのに、乳房と尻は何とも見事なボリュームを持っていた。

脱いでいくうち、服の内に籠《こ》もっていた熱気が甘ったるい匂いを含んで解放され、浩樹の鼻腔をくすぐってきた。

タイトスカートが下ろされ、ストッキングとショーツを脱ぎ去ると、豊満な尻がこちらに突き出され、たちまち美百合は一糸まとわぬ姿になって向き直り、横になってきた。

「いいわ、最初は好きなようにしても……」

美百合がこちらを向いて囁《ささや》いたので、浩樹は甘えるように腕枕してもらい、肌をくっつけていった。

「ああ、嬉しい……」

彼は美女の生《なま》ぬるい体臭に包まれて言い、目の前の巨乳にそろそろと手を這《は》わせながら、ジットリと汗に湿った腋の下に顔を埋め込んだ。

「ああ……、汗臭いでしょう……」

あまりに彼がクンクンと鼻を鳴らして匂いを貪《むさぼ》るので、さすがに九つ年上の美百合も羞恥《しゅうち》を覚えたように身を硬くして言った。

浩樹は、生ぬるく甘ったるい濃厚な汗の匂いに噎《む》せ返り、それだけで射精しそうなほどの悦《よろこ》びを得たのだった。

2

「ダメよ。くすぐったいし、恥ずかしいから……」

美百合は、甘く囁きながら、やんわりと彼の顔を乳房へと移動させた。

浩樹も素直に顔を向けて、綺麗なピンクの乳首にチュッと吸い付き、舌で転がしながら柔らかな膨らみに顔中を押し付けた。

「アア……！」

美百合が熱く喘ぎ、仰向《あおむ》けの受け身体勢になってクネクネと熟れ肌を悶えさせた。

熟れた体臭がほんのり汗ばんだ腋や胸の谷間から漂い、さらに、彼女の吐き出す息も甘い刺激を含んで漂った。

浩樹はコリコリと硬くなった乳首を充分に味わい、もう片方も含んで舐《な》め回した。

そして反対側の腋の下にも鼻を押しつけて嗅いでから、白く滑らかな肌を舐め下りていった。

形良い臍《へそ》を舐め、顔中を腹部に押し付けると、何とも心地よい張りと弾力が感じられた。

肌はうっすらと汗の味がし、ショーツのゴムの痕《あと》も艶《なま》めかしく、彼は腰からムッチリした太腿《ふともも》へと舌でたどっていった。

本当は早く股間に行きたいが、そうすると早く入れたくなり、あっという間に済んでしまうだろう。風俗と違い、何でも好きにさせてくれているのだから、この際隅々まで女体を探検したかった。

浩樹は脚を舐め下り、丸い膝小僧から滑らかな脛《すね》、足首まで下りてから足裏へと回り込み、顔を押し付けながら踵《かかと》から土踏まずを舐め回した。

「そ、そんなところ舐めなくていいのよ……、あう……」

美百合は言ったが、くすぐったそうに呻《うめ》いてビクリと足を震わせた。

足指は長く形良く、爪には赤いペディキュアが塗られていた。指の間に鼻を割り込ませて嗅ぐと、そこは汗と脂《あぶら》に湿り、蒸れた匂いが沁《し》み付いていた。

浩樹は貪るように、美女の足の匂いを嗅ぎ、爪先にしゃぶり付いて順々に指の股にヌルッと舌を潜り込ませていった。

「アア……、ダメよ、汚いのに……」

美百合は喘ぎ、彼の口の中でキュッと舌を挟み付けてきた。

彼はしゃぶり尽くすと、もう片方の足も味と匂いを貪り、やがて美百合に寝返りを打たせてうつ伏せにさせた。

浩樹は踵からアキレス腱を舐め、脹《ふく》ら脛《はぎ》からヒカガミ、太腿から豊満な尻の丸みをたどり、腰から滑らかな背中を舐め上げていった。

背中も淡い汗の味がし、ブラの痕が艶めかしかった。

さらに黒髪に鼻を埋めて甘い匂いを吸収し、耳の裏側も念入りに嗅いでから、再び首筋から尻へと舌で戻っていった。

うつ伏せのまま股を開かせ、彼は真ん中に腹這いながら豊かな尻に迫った。

両の指で谷間をグイッと広げると、奥に薄桃色の蕾《つぼみ》がひっそり閉じられ、視線を感じたようにキュッと引き締まった。

(何て綺麗な……)

浩樹は見惚《みと》れ、心の中で呟《つぶや》いた。

なぜ単なる排泄器官がこんなにも美しく艶めかしいのだろうと思った。そして吸い寄せられるように、細かな襞《ひだ》の震える蕾に鼻を埋め込むと、ひんやりした双丘が顔中に心地よく密着した。

蕾には淡い汗の匂いに混じり、秘めやかな微香が籠もり、悩ましく彼の鼻腔を刺激してきた。

「ダメよ、恥ずかしいから嗅がないで……」

美百合は顔を伏せて言ったが、徐々に朦朧《もうろう》となってきたように拒む力も出ず、僅《わず》かにクネクネと尻を動かしただけだった。

充分に美女の恥ずかしい匂いを貪ってから、浩樹は舌を這わせ、収縮する襞を濡らして潜り込ませ、ヌルッとした粘膜も味わった。

「あう……!」

美百合が呻き、キュッと肛門で彼の舌先を締め付けてきた。

そして浩樹が内部で舌を蠢《うごめ》かせると、

「も、もうダメよ、お願い……」

美百合が言って懸命に寝返りを打ち、ようやく再び仰向けになった。

浩樹は彼女の片方の脚をくぐり抜け、開かれた股間に顔を迫らせた。

滑らかな内腿を舐め上げていくと、中心部から発する熱気と湿り気が顔中を包み込んだ。

割れ目に目を凝《こ》らすと、大量に溢れた愛液が内腿との間に糸を引いていた。

ふっくらした股間の丘には黒々と艶《つや》のある恥毛が密集し、肉づきが良く丸みを帯びた割れ目からは、興奮に濃く色づいた花びらがはみ出していた。

そっと指を当てて陰唇を左右に広げると、微《かす》かにクチュッと湿った音がして、中身が丸見えになった。

中も綺麗なピンクの柔肉で、愛液にヌメヌメと潤い、膣口は襞が花弁状に入り組んで息づき、少し上にはポツンとした小さな尿道口も確認できた。

そして包皮の下からは、小指の先ほどもあるクリトリスが、真珠色の光沢を放ってツンと突き立っていた。よく見ると、男の亀頭をミニチュアにしたような形状をしていた。

もちろんソープでは、こんなにじっくり見ていない。

もう我慢できず、浩樹は美百合の股間にギュッと顔を埋め込んでしまった。

柔らかな茂みに鼻を擦りつけて嗅ぐと、甘ったるい汗の匂いに混じり、ほのかな残尿臭の成分も鼻腔を刺激し、悩ましく搔《か》き回してきた。

「いい匂い……」

「あッ……、ダメ……」

嗅ぎながら思わず言うと、美百合が激しい羞恥に声を洩《も》らし、内腿でムッチリと彼の両頬を挟み付けてきた。

浩樹は、ナマの匂いのする美女の股間に顔を埋めることの出来た幸せを嚙《か》み締め、もがく腰を抱え込んで何度も深呼吸した。そして舌を這わせ、淡い酸味のヌメリを舐め取り、膣口の襞をクチュクチュ搔き回し、滑らかな柔肉をたどってクリトリスまで舐め上げていった。

「アア……、いい気持ち……！」

美百合がビクッと顔を仰《の》け反《ぞ》らせて喘ぎ、白い下腹をヒクヒクと波打たせた。

やはりクリトリスが最も感じるのだろう。

浩樹が執拗《しつよう》に舌を這わせながら目を上げると、巨乳の谷間から色っぽい表情で喘ぐ美百合の顔が見えた。

「いきそうよ。今度は私の番……」

美百合が絶頂を迫らせて言い、身を起こしてきた。浩樹も素直に股間から離れ、入れ替わりに仰向けになっていった。

「すごいわ、こんなに硬く勃《た》っている……」

美百合は、大股開きにさせた彼の股間に腹這い、顔を寄せてペニスを見つめながら言った。

「ああ……」

浩樹は、美女の熱い視線と息をペニスに感じて喘ぎ、ヒクヒクと幹を震わせた。

しかし彼女はまだペニスには触れず、浩樹の両脚を浮かせ、自分がされたように尻の谷間に舌を這わせてくれたのだ。

チロチロと舌先が肛門を探り、熱い鼻息が陰嚢《いんのう》をくすぐった。

「ずるいわ。自分だけ綺麗に洗って……」

美百合が股間で囁き、さらに念入りに舐めてからヌルッと潜り込ませた。

「く……」

彼は妖《あや》しい快感に呻き、味わうようにモグモグと肛門で美女の舌先を締め付けた。

美百合が中で舌を蠢かせると、屹立《きつりつ》したペニスはまるで内側から刺激されたようにピクンと上下した。

ようやく脚を下ろすと、彼女はそのまま陰嚢にしゃぶり付き、二つの睾丸《こうがん》を舌で転がし、袋全体を生温かな唾液にまみれさせた。

そして優しく吸い付いてから、いよいよ舌先が肉棒の裏側をゆっくりと舐め上げてきた。

滑らかな舌先が先端に達すると、美百合は幹を指で支え、粘液の滲《にじ》む尿道口をチロチロと舐め回し、さらに張りつめた亀頭をくわえ、スッポリと喉の奥まで呑み込んでいった。

「アア……、気持ちいい……」

浩樹は快感に喘ぎ、美女の口の中で唾液にまみれたペニスを震わせた。

美百合は幹を丸く締め付けて吸いながら、熱い鼻息で恥毛をそよがせ、内部ではクチュクチュと舌をからみつかせてきた。

さらに深々と含み、

「ンン……」

小さく声を洩らし、吸い付きながらゆっくり引き抜いていった。

チュパッと口が離れると、再び根元まで呑み込み、次第に顔を小刻みに上下させ、濡れた口でスポスポと強烈な摩擦を繰り返した。

「ね……、い、入れたい……」

浩樹が絶頂を迫らせて言うと、美百合もスポンと口を引き離した。

「どうする？　上になる？」

「僕は下がいいです。出来れば、いつものようにメガネをかけて下さい」

訊かれて答えると、美百合も身を起こして手を伸ばし、メガネを手にしてかけてくれた。

さらに彼女が、コンドームに手を伸ばそうとするので、浩樹はいよいよ特殊能力を発揮するときだと意を決したのだった。

3

「あの、少しだけ、ナマの感触を味わいたいんですが……」

「いいけど、決して中で漏《も》らさないでね」

浩樹が言うと、美百合も快《こころよ》く承知し、そのまま彼の股間に跨《また》がってきた。

そして幹に指を添えて、自らの唾液に濡れた亀頭に割れ目を押し付け、息を詰めてゆっくり腰を沈み込ませていった。

張りつめた亀頭が潜り込むと、あとはヌメリと重みでペニスはヌルヌルッと滑らかな肉襞の摩擦を受けながら根元まで呑み込まれていった。

「あぁッ……、いいわ、奥まで当たる……！」

完全に座り込むと、美百合が顔を仰け反らせて喘ぎ、密着した股間をグリグリと擦りつけた。

そのまま身を重ねてきたので、浩樹も下から両手を回してしがみついた。

胸に巨乳が押し付けられて心地よく弾《はず》み、恥毛も擦れ合い、コリコリする恥骨の感触も伝わってきた。

「ああ……、とうとう部下の男の子と一つになっちゃったわ……」

近々と顔を寄せて囁くと、美百合は上からピッタリと唇を重ねてきた。

浩樹も、唯一のソープ体験ではサックを付けて行なったので、初めてのナマ感覚にうっとりとなり、しかも密着する美人上司の唇の柔らかな感触と唾液の湿り気に陶然《とうぜん》となった。

「ンン……」

美百合は熱く鼻を鳴らし、ヌルッと舌を挿《さ》し入れてきた。

湿り気ある彼女の吐息は、花粉のような甘い刺激を含み、悩ましく鼻腔を掻き回してきた。チロチロと舌をからめると、生温かな唾液に濡れた舌の感触が実に滑らかだった。

美百合は、次第にナマ挿入のことを忘れたようにリズミカルに腰を動かしはじめ、浩樹も美女の唾液と吐息に酔いしれながら、ズンズンと股間を突き動かして心地よい摩擦を味わった。

「ああッ！　気持ちいいわ！　まだ大丈夫？」

美百合が息苦しくなったように口を離し、唾液の糸を淫らに引きながら喘いだ。

そのかぐわしい口の匂いときつい締め付けの中、とうとう浩樹は昇り詰め、大きな快感とともにありったけの熱いザーメンをほとばしらせてしまった。

心置きなく最後の一滴まで出し尽くすと、浩樹はグッタリと身を投げ出し、余韻《よいん》を味わいながら気を込めた。

「ま、まさか、中に出しちゃったの？」

彼の様子を見て美百合は言うなり、一瞬で酔いも快感も醒《さ》めたように慌てて身を起こし、パシッと彼の頬を叩いて股間を引き離した。

「バカ！　あれほど言ったのに、知らないわよ。え……？」

美百合は、まだ屹立しているペニスを見下ろし、怪訝《けげん》そうに言った。顔を寄せて幹に触れ、尿道口を見つめたが白濁の雫《しずく》は滲んでいない。

さらに自ら膣内に指を入れ、引き抜いて嗅いでみた。

「変だわ。てっきりいったのかと思ったけど、漏らしていなかったのね……。ごめんなさい、叩いたりして」

美百合は戸惑いながら謝ったが、浩樹は甘美な頬の痛みと満々の性欲に胸を高鳴らせていた。

「いえ、いっちゃったんです。でも、すぐに吸い込みましたので」

「なに言ってるの。吸い込むって、ザーメンを？」

「ええ、特異体質なんです。だから決して、妊娠したりしません」

「そんな……、じゃ何度でもエンドレスで出来るの……？」

「そうです。吸い込んだ途端、元の性欲満々に戻りますので」

「信じられない……、なぜ、いつからそうなったの。詳しく話して」

美百合はすっかり毒気を抜かれたように、全裸のままベッドを下りてソファに移動した。

　浩樹も並んで座り、彼女が出してくれたビールで喉を潤した。

「高校時代に、山田風太郎《やまだふうたろう》の忍法小説を読んでいたら、中に忍法『馬吸無《ばきゅうむ》』という術が出てきました」

「忍法バキューム……？」

「ええ、殿様が側室にエッチして離れると、その忍者がすかさず側室に挿入して、殿様のザーメンを吸い出して、遠く離れている正室のところへ行って、エッチして殿様の種《たね》を入れるという話でした。オシッコしたらアウトだし、急いでいるのに敵が出てきて戦ったりして面白い話でしたが」

「そんな小説があるの……」

「そこで、僕も出来ないかと試したんです。作家の山田風太郎は医学士なので、あるいはそうした実例を知っていたんじゃないかと思って」

「そうしたら、出来たの？」

「いえ、そのときは出来ませんでした。ティッシュの中への射精では無理だったようです」

「そう、それで？」

美百合は、興味津々《しんしん》になって訊いてきた。

「大学時代、性欲に悶々としてコンドームを買いました。相手はいなかったけど、装着の練習をして、オナニーして射精しました。そこで馬吸無を思い出して気を込めたら、吸い込むことが出来たんです」

「まあ……！」

「やはり、密封された膣内やコンドームの精液溜まりなら大丈夫だと分かりました」

「じゃ、唯一の体験だったソープでも？」

「いえ、そのときは何度もしたい雰囲気ではなかったのでしませんでした。生身で試したのは、今の部長が初めてです」

「困るわ。失敗したらどうしたの……」

「いえ、自信がありました。それに部長の愛液まで一緒に吸い込んで、また我慢できなくなってます……」

浩樹がペニスをヒクヒクさせながら言うと、美百合も休憩を終え、また一緒にベッドへと戻った。

「私は、クリトリスより膣の方が好きなの。じゃ私がいくまで、何度でも中でいってくれる？」

「はい、また女上位でお願いします」

浩樹が仰向けになって言うと、また美百合は屈み込んで亀頭をしゃぶり、唾液でヌメリを補充してから身を起こし、跨がってきた。

屹立した肉棒が、再びヌルヌルッと滑らかに根元まで潜り込み、股間が密着した。

「ああ、ナマで安心して出来るなんて……」

美百合はキュッと締め付けながら喘ぎ、最初から激しく腰を動かして身を重ねた。

浩樹も下からしがみつき、遠慮なくズンズンと股間を突き上げた。

大量の愛液が溢れて律動を滑らかにさせ、クチュクチュと淫らに湿った摩擦音を響かせながら、彼の陰嚢から肛門の方にまで蜜が滴ってきた。

そして彼はまた下から唇を求め、美百合の甘い唾液と吐息を吸収しながら、心地よい肉襞の摩擦の中で高まっていった。

「い、いきそう……！　もっと突いて、強く奥まで……」

美百合も声を上《うわ》ずらせて喘ぎ、股間をしゃくり上げるように擦りつけてきた。そうすると亀頭の傘が天井に当たって心地よいのだろう。

「い、いく……」

堪《たま》らずに浩樹が口走って突き上げを速めると、

「いって、中にいっぱい出して。何度でも……」

美百合も、先程とは打って変わって中出しをせがみ、収縮を活発にさせていった。

「く……！」

浩樹は突き上がる快感に呻き、熱い大量のザーメンをドクドクと内部にほとばしらせた。

「アア、熱いわ、もっと……」

噴出を感じた美百合も喘ぎながら言い、小さなオルガスムスの波を感じはじめたようにヒクヒクと肌を波打たせた。

浩樹は心ゆくまで快感を味わい、最後の一滴まで出し尽くしてグッタリと力を抜いた。しかし余韻の中で気を込めると、また膣内のザーメンが尿道口から吸入され、萎《な》えかけたペニスも元の硬さと大きさを取り戻し、脱力感も消えて淫気が満たされていった。

「ああ……、また中で大きく……、いい気持ち。いくわ……！」

浩樹が突き上げを再開すると、美百合も本格的に昇り詰めて口走り、そのままガクンガクンと狂おしい痙攣《けいれん》を起こして膣内を収縮させた。

「アアーッ……、すごいわ……！」

美百合の凄まじい絶頂に巻き込まれ、また浩樹は勢いよく射精した。

「あう……、もう堪忍《かんにん》……」

奥深い部分を直撃され、美百合が降参するように嫌々をした。

浩樹は出し切ると力を抜き、やがて硬直を解いてグッタリともたれかかってきた美百合の重みと温《ぬく》もりを受け止めながら、またザーメンを吸い取って自身に回収した。

「アア……、大きいままだわ。感じすぎて恐い……」

美百合は、膣内いっぱいに膨張しているペニスを恐れるように言い、息を詰めてそろそろと引き抜いていった。

そしてゴロリと添い寝し、荒い呼吸を繰り返した。

浩樹は、また淫気満々になりながらも、何度かの射精快感の余韻を味わい、彼女が平静に戻るのを待ったのだった。

4

「吸い込んでしまったら、いつまでも満足できないんじゃないの……？」

やがて呼吸を整えた美百合が、大きいままのペニスに指を這わせながら囁いた。

「満足は射精のたびにしています。ただ、やはり最後に一回思い切り出さないと落ち着きません」

浩樹が答えると、美百合も愛撫の動きを速めてくれた。

「じゃ、最後は私のお口に出す？」

彼女が嬉しいことを言ってくれ、肉棒は美百合の手のひらの中でピクンと震えた。

「お願いします……。でも、いきそうになるまでこうして……」

浩樹は腕枕してもらい、美百合の指でペニスを弄《もてあそ》ばれながら唇を重ねた。彼女もネットリと舌をからめながら、リズミカルに幹を揉み続けてくれた。

「もっと唾《つば》を出して。いっぱい飲みたい……」

彼が口を離して上司に甘えるように囁くと、美百合も懸命に唾液を分泌させ、形良い唇をすぼめて、白っぽく小泡の多い唾液をトロトロと吐き出してくれた。

それを舌に受け、生温かな感触を味わってから飲み込んで、彼はうっとりと喉を潤した。

「美味《お い》しい？」

「はい、顔中にも……」

言うと美百合は厭《いと》わず、さらに唾液を垂らしながら、彼の鼻筋や頬、瞼《まぶた》にまで舌で塗り付けてくれた。浩樹は、甘い刺激の息を嗅ぎながら、顔中美女の唾液でヌルヌルにされながら高まった。

「い、いきそう……」

身悶えて言うなり、美百合が顔を移動させてくれた。浩樹も彼女の下半身を顔に抱き寄せ、女上位のシックスナインの体勢になってもらった。

「ンン……」

美百合は熱く鼻を鳴らし、一気にペニスを喉の奥まで呑み込んで吸い付いた。

彼も下から豊満な腰を抱えて引き寄せ、割れ目を舐めながら、収縮するピンクの肛門を眺めた。

「ダメ、集中できないから舐めないで……」

と、美百合が口を離して言い、再び亀頭をしゃぶってくれたので、浩樹も舌を引っ込め、茂みに籠もった匂いを嗅ぎながら眺めるだけにした。

美百合も本格的に顔を上下させ、濡れた口でスポスポと強烈な摩擦を繰り返し、熱い鼻息で陰嚢をくすぐった。

浩樹も小刻みに股間を突き上げると、もう堪らず、あっという間に絶頂に達してしまった。

「い、いく……、アアッ……！」

溶けてしまいそうな快感に包まれながら喘ぐと同時に、ありったけの熱いザーメンがドクンドクンと勢いよくほとばしり、美百合の喉の奥を直撃した。

「ク……、ンン……」

噴出を受け止めながら彼女が小さく声を洩らし、さらに上気した頰をすぼめてチューッと吸い付いてくれた。

「ああ、気持ちいい……」

浩樹は快感に腰をよじって喘ぎ、もう吸い込まなくて良いから心置きなく最後の一滴まで出し尽くしていった。

すっかり満足すると突き上げを止め、彼はグッタリと身を投げ出した。

美百合も吸引と舌の蠢きを止め、亀頭を含んだまま口に溜まった大量のザーメンをごくごくと二回ほどに分けて喉に流し込んだ。

「あう……」

飲み込まれるとキュッと口腔が締まり、浩樹は駄目押しの快感に呻いた。

美百合は全て飲み干し、ようやくチュパッと口を離し、なおも余りをしごくように幹を擦りながら、尿道口に脹らむ余りの雫まで丁寧に舐め取ってくれた。

「も、もういいです、有難《ありがと》うございました……」

浩樹は射精直後で過敏になったペニスをヒクヒク震わせ、降参するようにクネクネと腰をよじって言った。

ようやく美百合も舌を引っ込めたので、彼は余韻の中で割れ目を見上げながら荒い呼吸を繰り返した。

「さすがに濃くてすごい量だわ。私の愛液も混じっているのかも知れないわね」

身を起こして向き直った美百合が、淫らにヌラリと舌なめずりして言い、そのままベッドを下りてメガネを外し、バスルームへ向かった。

「ああ、まだ力が入らないわ……」

美百合が言い、浩樹も立ち上がって彼女を支えながら一緒にバスルームに入った。

そしてシャワーの湯を浴び、身体を洗い流すと、彼女もようやくほっとしたようだった。

「これからも、たまにでいいから会って」

「ええ、もちろんです。僕の方からもお願いします」

「なんか、病《や》みつきになりそうだわ……」

美百合が、脂が乗って湯を弾《はじ》く熟れ肌を色づかせて言った。美人だし締まりも良いので、今までの男はすぐに果ててしまい、彼女も本当の満足を得たのは初めてだったのかも知れないと思った。

湯に濡れた肌を見ていると、また浩樹はムクムクと回復してきてしまった。何しろ何度も昇り詰めたが、本当に射精したのは一回なのだ。もちろん疲労などないし、もう一回いかないと落ち着かないほど勃起してしまった。

「ねえ、こうして下さい……」

浩樹は床に座ったまま言い、美百合を目の前に立たせ、片方の足を浮かせてバスタブのふちに乗せさせた。

「どうするの？」

「オシッコしてほしいんです。出るところを見たいので」

「まあ……、そんなことしてほしいの……」

彼女は驚いたように言ったが、そろそろ尿意も高まってきたし好奇心も湧いたか、拒まず下腹に力を入れはじめてくれた。

浩樹は開かれた股に顔を埋めたが、もう茂みに籠もっていた濃厚な体臭は薄れてしまっていた。それでに舌を這わせると、新たな愛液がヌラヌラと溢れてきた。

「ああ、本当に出そうよ。いいのね……」

美百合が息を詰めて言うなり、割れ目内部の柔肉が迫《せ》り出すように盛り上がり、味わいと温もりが変化してきた。すると間もなくチョロチョロと温かな流れがほとばしり、彼の口に注がれた。

味と匂いは実に淡く控えめで、恐る恐る飲み込んでも全く抵抗がないのが浩樹には嬉しかった。

「アア……」

彼が飲み込んでいることを知って美百合が声を洩らしたが、そのまま遠慮なく勢いを増してきた。

すると飲むのが追いつかず、口から溢れた分が温かく胸から腹に伝い流れ、回復したペニスを心地よく浸した。

やがてピークを越えると放尿も急激に勢いが衰え、やがて治まってポタポタと雫が滴るだけとなった。浩樹は割れ目に口を付けて余りをすすり、中の柔肉を舐め回したが、すぐにも新たな愛液が残尿を洗い流すように溢れて、淡い酸味のヌメリが満ちていった。

「ああ……、もうダメよ……」

感じてきた美百合が言って足を下ろし、座り込んでもう一度シャワーの湯で股間を洗った。

「まあ、また勃ってしまったの？　私はもう今日は充分よ……」

「ええ、自分でするので、そばにいて下さい」

浩樹はバスタブに寄りかかって言い、また飲んでもらうのも申し訳ないので、自分でペニスをしごきながら美百合を抱き寄せた。

「指でいいならしてあげるわ」

彼女が言い、浩樹の手をどかせてやんわり握って動かしてくれた。

「こう？　強すぎないかしら」

「ええ、気持ちいいです……」

揉んでもらいながら彼はうっとりと熟れ肌に身を寄せ、美百合の口に鼻を押しつけて甘い息を嗅がせてもらった。

湿り気ある甘い匂いに鼻腔を刺激されながら高まると、美百合はヌラヌラと舌を這わせて彼の鼻の穴を舐め、フェラするように鼻全体もしゃぶってくれた。

「ああ、いく……」

美女の悩ましい唾液と吐息の匂いに酔いしれ、浩樹はあっという間に指の愛撫に昇り詰めてしまった。

「気持ちいい？」

美百合も囁きながら指を動かし、惜しみなく甘い息を吐きかけてくれた。

快感に悶えながら、たちまち彼は最後の一滴まで出し尽くし、熟れ肌に密着しながら肌の強《こわ》ばりを解いた。

美百合も濡れた指の動きを緩め、彼の呼吸が整うまで寄り添ってくれた。

「ああ、良かった……。有難うございました」

浩樹は温もりに包まれて言い、甘い息を嗅ぎながらうっとりと快感の余韻に浸り込んでいったのだった……。

5

「まだ出来ないのか。何やってるんだよ」

四十歳になる根津満男《みつお》課長が、苛《いら》つく甲高《かんだか》い声で浩樹に言った。

「済みません。もう少しですので」

浩樹も答え、CDの受注伝票を整理した。

「まったく、工場で手を動かしてるだけだったからな、だがここでは頭を使えよ」

禿《は》げて出っ歯の根津が言い、自分のデスクへ戻っていった。

年下の男には居丈高《いたけだか》で、女子には猫なで声を出す彼は、若いＯＬからはネズミ男と渾名《あだな》されていた。それでもいちおう妻子はいて、会社でもそれなりに重要な役割を担っているのだった。

今日は美百合は、新人を連れて営業の外回りに行っていた。

確かに、浩樹は仕事に身が入らなかった。

何しろ部長である美百合と関係してしまい、その感激と震えるような余韻は、時が経つほどに胸を悩ましく占めているのである。

(やっぱり、ナマの匂いはいい……)

美百合とのことを一つ一つ思い出してはオナニー衝動に駆られ、根津に注意されるのも無理ないほど集中力を欠いてしまっていた。

それでも、ようやく昼過ぎに仕上げて伝票の束を根津のところへ持っていった。

あとは、根津が確認して、それを川崎の工場へファックスで送り、その順番に生産の順序が計画されるのだった。

「やっと出来たか。いいか、次の仕事も詰まってるんだからな、気を入れてやれよ」

根津がネチネチと説教しているところへ、美百合と新人ＯＬが戻ってきた。

「白木君が何かした？」

「い、いいえ、何でもありません」

美百合に言われ、年下の上司というだけでなく、美貌の彼女に憧れを寄せている根津は笑顔を取り繕《つくろ》って答えた。

「はは、白木浩樹《しろきひろき》なんて、ややこしい名前ですな、彼は」

「白木君、ちょっと」

根津を無視するように美百合が言い、彼を自分のデスクへ招いた。新人ＯＬの進藤《しんどう》麻衣《まい》も一緒だ。

麻衣は大学を出て入社し、五月生まれの牡牛座だから二十三歳になったばかりで、大学ではずっと声楽部だったという、ロングの黒髪をしたお淑《しと》やかそうな顔立ちの美女だった。

「実は、進藤さんを連れて川崎工場へ行ってほしいの。いよいよ朗読の仕事をうちでやることになって、試しに彼女に読ませたら、先方が是非この子にという話になったので、録音作業をしてきてほしいの」

「そうですか。分かりました」

浩樹が、この颯爽たる部長の何もかも知ったのだと誇らしげに思いながら頷くと、美百合も必要な書類を出してくれた。

「今日は二人とも、そのまま直帰していいわ」

「分かりました。では行ってきます」

言われて浩樹は答え、麻衣と一緒にオフィスを出た。ＫＫＢの本社は、新橋駅前にある雑居ビルの二フロアを使っている。

ビルを出るとすぐ駅で、そこから二人は東海道線下りに乗り、二駅先の川崎へと出向いた。浩樹にとって川崎は、長くいた工場と、その近くにアパートもある地元である。

朗読ＣＤは、主に文学作品を扱っている。教材用もあるし、あるいは目の自由な人用もある。声優などは使わず、あくまでも素人の声が主流だった。

感情を込めると臭くてわざとらしくなるし、異性の台詞《せりふ》も不自然になるから、あくまでも淡々とした棒読みが良いのだった。その方が、聞く側は自分勝手な感情を加えることが出来るのである。

「でも、今回の朗読は官能小説なんです」

工場に向かいながら、麻衣が困ったように言った。

さすがに声楽科出身だけあり、歯切れ良く明瞭な声で、先方が気に入るのも無理はなかった。

「え、官能なの？」

「ええ……、私に出来るでしょうか……」

「なおさら、感情を込めず棒読みすればいいよ」

浩樹は答えながら、妖しい興奮を覚えてしまった。

確かに最近は硬い文学作品ばかりでなく、軟らかな内容のものも多く出ていた。

やがて工場に入り、浩樹は何人かの知り合いに手を挙げて挨拶し、録音部の主任に会い、麻衣を連れて狭い録音室に入った。

他の人は来ず、麻衣と浩樹の二人きりだから、彼女も少しは安心したようだ。あまり多くの人の前で官能小説の朗読はしたくないだろう。

机にマイクを置いて彼女を椅子に座らせ、浩樹は録音機器を操作して音声を調整した。この機器も長く扱っていたから慣れているし、それで美百合も彼に頼んだのだろう。

浩樹は向かいに座って位置も調整し、麻衣にアエイウエオアオと言わせて微調整しながら準備を整えた。

麻衣も、預かってきた官能文庫を出して机に置いた。

読むのは四十ページほどの短編一本だけで、今回のＣＤは何人かで分担して朗読するものだった。

「じゃ、仕度はＯＫだけど、トイレとかは大丈夫？」

「はい、大丈夫です」

麻衣が答え、持って来ていたペットボトルの水を含んで喉を湿らせた。

「じゃ、あとでいくらでも繋《つな》げられるから、言い間違えても構わず、少し戻って言い直して続ければいいから、リハーサル気分で読んでいって」

「あの、待って下さい。この字は何て読むんですか」

すでに彼女は、美百合と会社に戻る際の電車で作品のチェックをしていたらしく、何カ所かに付箋《ふせん》があった。車内なので、美百合には聞きづらかったのだろう。

浩樹は彼女の隣に移動してページを覗き込んだ。

「どれ。ああ、これは子宮頸部《しきゅうけいぶ》。これは陰核亀頭《いんかくきとう》と包皮《ほうひ》。それは膣放屁《ちつほうひ》」

浩樹は言いながら、ずいぶん古風な単語ばかりを使う官能小説だなと思った。彼も今まで多少は官能を読んできていたが、作者を見るとすでに亡くなっている有名な作家だった。

「分かりました。次はイントネーションが合ってるか聞いて下さい。オルガスムス、フェラチオ、クンニリングス」

麻衣が、頬を染めながら努めて淡々と言った。甘酸っぱい匂いの吐息が浩樹の鼻腔を刺激し、それに昼食の名残か、ほのかなオニオン臭も入り交じって彼の股間に響いてきた。

(何て刺激的でいい匂い……)

「うん、大丈夫だよ」

浩樹は激しく勃起しながら答えると、麻衣はページに視線を落とし、何度か口の中で繰り返した。

「あの、失礼だけど彼氏はいるのかな。無垢《むく》な子に読ませるのは酷《こく》だと思うので」

浩樹は、セクハラにならないよう注意深く訊いてみた。

「今はいません。学生時代に一人とだけ二年ばかり付き合ったけど、就職活動で忙しくなってからは疎遠《そえん》になって、彼も地方へ帰ったと思います」

お嬢様タイプの麻衣だが、そこは現代っ子らしく正直に答えた。

「そう、ならば全く何も知らないわけじゃないだろうから、気を楽にして読めばいいよ。そうして早く帰ろう」

「はい、分かりました。お願いします」

言うと麻衣も微かに笑みを浮かべて答えた。

彼女の実家は湘南《しょうなん》らしいが、今は田町の社宅に入っている。

やがて彼は向かいの席に戻って機器を前にすると、麻衣も何度か深呼吸して気を高めていた。

そしてヘッドホンを付けて合図をすると、麻衣は努めて淡々と朗読を開始した。

始まると、浩樹も彼女の可愛い唇ばかり見ているわけにいかず、各計器の目盛りに集中した。

それでも彼女の澄んだ声で、「クリトリスを舐められて愛液が溢れ」とか、「ザーメンがドクドクとほとばしり」などという声が聞こえてくると、否応なく浩樹の股間が激しく反応してしまった。

麻衣も仕事に集中しているが、その頬も耳たぶもピンクに染まり、呼吸も心なしか弾みがちになっていた。しかし言いにくそうな卑猥《ひわい》な言葉も、ためらって間を開けることもなく、どんどん読み進めていった。

浩樹は、このCDは是非欲しいと思った。何しろオナニーに使えるし、この立ち合っている場面も思い出せるのだ。

しかもヘッドホンで聴いているので、麻衣の微かな息遣《づか》いや、湿った唇の開閉音もはっきり耳の奥に聞こえた。

麻衣は、声の調子は淡々として変えなかったが、たまに両膝を掻き合わせてモゾモゾしたり、ブラウスの膨らみを息づかせたりしていた。いつしか狭い録音室には、甘ったるい匂いが立ち籠めていた。

（感じているのかも知れないな……）

浩樹は、ほぼ確信した。

それなりに彼との行為で快感も知っているだろうし、男の前で卑猥な文章を朗読するというのも、一種の羞恥プレイである。しかもお得意から回された大切な仕事だから、拒むわけにもいかないのだ。

やがて読み終えると、浩樹は一発でOKを出してスイッチを切った。

麻衣もほっと力を抜いて溜息をつき、何やらオナニーでも終えたあとを連想させたものだった。

第二章　ＯＬたちの淫ら好奇心

1

「大丈夫かい。フラフラしているけど」

工場を出ると、浩樹は足元も覚束《おぼつか》ない麻衣を気遣って言った。録音がすぐに終わったので、まだ夕食には早かった。

「ええ……、済みません。何だか酔ったみたいになってしまって……」

麻衣が、とろんとした眼差《まなざ》しで答えたが、気分が悪そうな様子でもない。

「ここらは工業地帯だからね、駅まで行かないと休憩するような店はないんだ。僕のアパートならすぐ近いんだけど」

「あの、ご迷惑でなかったら、少し休ませて下さい……」

「うん、いいよ。じゃ行こう」

浩樹は妖しい期待を抱きながら、麻衣を案内して自分のアパートに向かった。

どう見ても彼女は、性的興奮によって自分を失っている感じである。

お淑やかなお嬢さんが、恥ずかしい文章を浩樹の前で緊張しながら朗読したのだ。無事に済んで張り詰めたものが切れたのだろう。

それに彼と別れて一年以上経ち、あの文章で快楽の思い出が甦《よみがえ》り、急激に欲求不満が溢れ出てきたのかも知れない。

とにかく五分余り歩いて、浩樹は自分の部屋に麻衣を招き入れた。

四所帯の二階建てで、浩樹の部屋は階下の奥。山羊《やぎ》座のため性格的に散らかすのが嫌いで、あまり掃除はしないが整頓された部屋だった。

片付いている流しと狭いキッチン。そしてバストイレと、あとは万年床の敷かれた六畳一間だけである。

浩樹は麻衣を上がらせ、そっとドアを内側からロックした。

そしてキッチンの冷蔵庫から烏龍《ウーロン》茶を出してやり、グラスに二つ注いだ。幸い、グラスも綺麗である。

「座布団がないから、そのへんに座って。横になってもいいよ」

万年床を指して言うと、麻衣も素直に腰を下ろした。

浩樹は仕事用の机の椅子に座り、烏龍茶を差し出した。

「前からあるの？　貧血気味とかのぼせ症とか」

「いえ、原因は分かってるんです」

訊くと、麻衣は烏龍茶を一口飲んで答えた。

「朗読中は一生懸命だったけど、済んだ途端に変になっちゃいました」

「ああ、やっぱり」

「あの作品に書かれていたことは、小説の中だけのことですか。それとも実際にするものなんですか」

麻衣が、黒目がちの大きな眼差しを熱っぽくさせて、浩樹を見つめながら言った。

「内容は、濡れ場も特に普通だと思ったけれど」

「でも、足の指を舐めたり、その、お、お尻の穴を舐めたりとか……、そんなことするんですか」

「ああ、それぐらいは常識でしょう」

「まあ、じゃ私の彼は何だったのかしら……」

麻衣が息を呑んで言う。

「それは若者同士だったから、互いに手探りだったんだろうね。いや、でも普通、男は好きな子のそうしたところを必ず舐めるものだから、ひょっとしたら淡泊な人だったのかも」

恐らく麻衣が付き合っていた男は、キスしていじって挿入するだけで、あまりクンニはせず、生意気にフェラだけ求めるような、つまらない男だったのだろう。

「白木さんも、するんですか？」

「うん、僕も今は別れてしまって彼女はいないけど、学生の頃はしたよ」

浩樹は、いかにもベテラン風な口調で答えた。

麻衣は朗読しているとき、まるで自分がされているような気持ちになり、すっかり淫気と興奮で自分を失ってしまったのだろう。

(濡れているかも知れない……)

浩樹は、ほぼ確信しながら激しい勃起が治まらなかった。

「じゃ、みんなするんですね。何だか私だけ、まだ大人になってないみたい……」

「試してみる？　実際にしてみたら、あの作品が実感できるかも知れない。いや、もちろん嫌だったら今の言葉は忘れてね」

浩樹は、部下の新人に誘いを掛け、自分は何て大胆なことをしているのだろうと思った。今までシャイで素人女性と付き合ったこともなかったくせに、美人上司と懇ろになった途端、急に自信を持ちはじめたのかも知れない。

するると、麻衣も朦朧となりながら、彼のストレートな申し出を素直に受け入れたのである。

「何だか、またドキドキしてきました。白木さんなら嫌じゃないです……」

麻衣が言い、高鳴る胸をそっと押さえた。

浩樹は歓喜と期待に舞い上がった。あるいは美百合が幸運の女神で、彼女との行為が女性運をもたらしてくれたのかも知れないと思った。

「じゃ、脱ごうね。布団も干したばかりだし枕カバーも洗って間もないから」

あまり興奮に目をギラギラさせたら元も子もないと思い、なるべく爽やかな口調で言い、浩樹は窓のカーテンを二重に閉めた。

もちろん窓のカーテンは閉めても、キッチンの窓にはカーテンもないから室内は充分に薄明るく、女体の観察に支障はなかった。

そして浩樹が脱ぎはじめると、麻衣も上着を脱ぎ、モジモジとブラウスのボタンを外しはじめてくれた。

「全部ですか……」

「うん、あの作品も互いに全裸だったからね、同じようにしてみよう」

浩樹は言い、口調とは裏腹に震える指で脱いでいった。

朝はシャワーを浴びたし、大の用を足すのも社内の洗浄機付きトイレだったから、汗の匂いぐらいはお互い様で大丈夫だろう。

やがて麻衣がブラウスを脱ぎ、ブラを外して白く形良いオッパイを露わにさせた。

同時に、服の内に籠もっていた熱気も甘ったるい匂いを含んで室内に立ち籠めはじめた。

何しろ、この部屋に女性が入ったのは初めてで、自分の男臭い部屋に甘い匂いが籠もるのは夢のように嬉しかった。

さらに麻衣はスカートを脱いで、下着ごとパンストを脱ぎ去り、一糸まとわぬ姿になった。今は淫気に朦朧としているとはいえ、大人しげなお嬢様だが、案外思い切ると大胆なのかも知れない。

彼も全裸になると、麻衣を布団に仰向けにさせた。

ほっそりした肢体だが、オッパイと腰のラインは充分に魅惑的な豊かさを持っていた。肌は透《す》けるように白く、ピンクの乳首と乳輪がアクセントとなり、そして白いシーツに長い黒髪が映えた。

麻衣は神妙に長い睫毛《まつげ》を伏せ、仰向けのままじっとしていた。乳房が、微かな息遣いに上下し、白い腹もヒクヒクと小刻みに震えていた。そして夢見心地の彼女は、シャワーも浴びていないことも思いつかないようだった。

「じゃ、まずここからね。じっとしていて……」

浩樹は言って屈み込み、真っ先に麻衣の足裏に顔を押し付けていった。

「く……」

麻衣は目を閉じたまま小さく呻いたが、拒むことも出来ず力が抜けているようだ。

踵から土踏まずを舐め、縮こまった指の股に鼻を割り込ませて嗅ぐと、そこは生ぬるく汗と脂にジットリ湿り、ムレムレの匂いが濃厚に沁み付いていた。

外回りで美百合と歩き、しかも官能の朗読という仕事の依頼で緊張し、相当に汗ばんでいたらしい。

きっと靴もパンストも蒸れた匂いが沁み付いているはずで、そちらも惹かれるが、今は生身に専念だ。

浩樹は新人ＯＬの足の匂いを貪り、爪先にしゃぶり付いていった。

赤いペディキュアの美百合と違い、麻衣は何も付けない桜色の爪をしていた。

その爪の先をそっと前歯で噛んでから、彼は指を吸い、全ての指の股にヌルッと舌を挿し入れて味わった。

「あう……、や、やっぱりダメです、恥ずかしいし、汚いですから……、アアッ！」

麻衣はクネクネと脚を震わせて言ったが、やはり拒む力は出ないようだった。

（ああ、六歳年下の女の子の匂い。僕が大学四年の時は、まだ高校一年だった子だ。いや待て、僕は早生まれだから、実際は七学年下か。じゃまだ中三ではないか、何て罪深い……）

浩樹はわけの分からないことを思いながら貪り尽くし、もう片方の足もしゃぶって味と匂いを堪能した。

「アア……！」

麻衣はくすぐったそうに喘ぎ、少しもじっとしていられないように悶え続けた。

そしていよいよ脚の内側を舐め上げ、彼女のムッチリした内腿に頬ずりし、股間に迫っていった。

麻衣も力なく両膝を開き、もう羞恥も越えたように言いなりになっていた。

熱気の籠もる股間に目を凝らすと、ぷっくりした丘には楚々《そそ》とした恥毛がほんのひとつまみ煙り、割れ目からはピンクの花びらがはみ出し、思っていた通りヌメヌメと大量の蜜にまみれていた。

顔を寄せ、そっと指を当てて陰唇を左右に広げると、中は初々《ういうい》しく綺麗なピンクの柔肉。膣口の襞が息づき、小さな尿道口も見え、包皮の下からは美百合より小粒のクリトリスが光沢ある顔を覗かせていた。

(何て綺麗な……)

浩樹は思った。美百合は熟れた果肉だったが、麻衣はまだ青い果実だ。しかしジューシーさでは全く引けを取っていない。

浩樹は吸い寄せられるように顔を埋め込み、柔らかな若草に鼻を擦りつけ、隅々に籠もった生ぬるい匂いを貪った。

やはり汗とオシッコの匂いが可愛らしく籠もり、舌を這わせると、美百合と同じく淡い酸味のヌメリが迎えた。浩樹は麻衣の体臭で鼻腔を刺激されながら、膣口を掻き回し、ゆっくりとクリトリスまで舐め上げていった。

2

「ああッ……、白木さん……!」

麻衣が身を弓なりに反らせて喘ぎ、内腿でキュッときつく浩樹の両頬を挟み付けてきた。彼はチロチロとクリトリスを舐めては溢れる蜜をすすり、目を上げて彼女の様子を観察した。

色白の下腹がヒクヒクと波打ち、形良いオッパイの向こうで、麻衣が喘ぎながら顔を仰け反らせているのが見えた。

浩樹はもがく腰を抱えながら執拗にクリトリスを舐め回し、さらに両脚を浮かせて逆ハート型の尻に迫っていった。

両の親指でムッチリと谷間を広げると、可憐な薄桃色の蕾が見え、彼の視線を感じて恥じらうようにキュッと引き締まった。

鼻を埋め込んで嗅ぐと、ひんやりした双丘が顔中に密着し、綺麗な蕾には秘めやかな微香が籠もり、悩ましく鼻腔を刺激してきた。

浩樹は何度も深呼吸し、可憐な新人ＯＬの恥ずかしい匂いを貪ってから、チロチロとくすぐるように舌を這わせた。

細かに震える襞を唾液に濡らし、ヌルッと潜り込ませると、

「あう……、ダメ……！」

麻衣が息を詰めて呻き、キュッと肛門で舌先をきつく締め付けてきた。

浩樹が中で舌を蠢かせ、滑らかな粘膜を味わうと、鼻先にある割れ目からはさらに

トロトロと新たな愛液が溢れてきた。

そして充分に愛撫すると、麻衣はむずかるように腰をよじり、それ以上の刺激を拒むように、とうとう脚を下ろしてしまった。

彼はそのまま再び割れ目に舌を戻し、大量のヌメリをすすり、クリトリスに吸い付いていった。

「アアッ……！　いきそう……」

麻衣が顔を仰け反らせ、ヒクヒクと下腹を波打たせて悶えた。

なおもチロチロと舌先で弾くように舐め、指もヌルッと潜り込ませて小刻みに内壁を擦り、たまに上の歯で包皮を剝《む》いてチュッと吸い付くと、

「い、いっちゃう……、ああーッ……！」

とうとう麻衣が仰け反ったまま声を上ずらせ、ガクガクと狂おしい痙攣を開始してオルガスムスに達してしまった。

お漏らししたように愛液が溢れて下のシーツにまで沁み込み、浩樹は麻衣の味と匂いを貪りながら舌と指の愛撫を続行すると、

「アア……！」

彼女は声を洩らすなりグッタリとして、失神したように無反応になってしまった。

どうやら刺激が強すぎ、興奮の高まった精神状態もあって、すぐにも昇り詰めてしまったのだろう。

浩樹は股間から這い出し、放心している麻衣の愛らしい臍を舐め、張りのある肌を舐め上げてピンクの乳首に吸い付いた。

コリコリと硬くなった乳首を舌で転がし、柔らかさより張りと弾力がある膨らみに顔を押し付けて感触を味わった。

「う……」

荒い呼吸を繰り返しながらも、たまに麻衣がピクンと反応して小さく呻いた。

浩樹は左右の乳首を順々に含んで充分に舐め回し、さらに腕を差し上げて腋の下にも鼻を埋め込んで嗅いだ。

そこは汗に生ぬるく湿り、甘ったるいミルクのように可愛らしい体臭が沁み付いていた。舌を這わせるとスベスベで、やがて彼は添い寝して彼女の整った顔に迫っていった。

形良い唇が僅かに開き、ぬらりと光沢ある歯並びが覗いていた。

間からは熱く湿り気ある息が洩れ、鼻を押しつけて嗅ぐと、渇いた唾液の香りと甘酸っぱい果実臭に混じり、うっすらとしたオニオン臭が悩ましい刺激を含んで彼の鼻腔を掻き回してきた。

「ああ……」

浩樹は美人ＯＬの口の匂いに酔いしれて喘ぎ、もう我慢できずにのしかかり、正常位で股間を進めていった。

ヌレヌレの割れ目に亀頭を擦りつけてヌメリを与え、位置を定めてゆっくり膣口に挿入していくと、

「アア……」

朦朧としながらも麻衣が熱く喘ぎ、ヌルヌルッと根元まで受け入れていった。

浩樹は肉襞の摩擦と温もり、きつい締め付けを味わいながら深々と貫き、股間を密着させて身を重ねた。

久々でもそれほど痛くないようで、麻衣も味わうようにキュッキュッと膣内を収縮させた。

彼は麻衣の肩に腕を回して抱きすくめ、あらためて唇を重ねて舌を挿し入れ、滑らかな歯並びや引き締まった歯茎《はぐき》を舐め回し、さらに潜り込ませてネットリと舌をからみつけた。

「ク……」

麻衣も小さく呻き、無意識にチロチロと舌を蠢かせてくれた。

生温かな唾液に濡れた舌が滑らかに動き、浩樹は清らかなヌメリと感触を味わいながら、もう堪らずに腰を突き動かしはじめた。

溢れる愛液で次第に律動が滑らかになってゆき、浩樹は心地よい摩擦と締め付けに高まっていった。

「ああ……、いい気持ち……」

すると麻衣も徐々に股間を突き上げ、下から両手で彼にしがみつきながら喘いだ。

やはり指と舌で迎える絶頂と、男女が一つになる快感は別物なのだろう。

それに以前付き合っていた彼氏との行為で下地も出来ていたし、日頃から多少はオナニーもしていただろうから、すぐにも挿入快感に火が点《つ》いたようだった。

浩樹は彼女の口に鼻を押し込んで、かぐわしく濃厚な匂いで胸を満たしながら、次第に股間をぶつけるように激しいピストン運動を開始していった。

大量の蜜が、揺れてぶつかる陰嚢まで生温かく濡らし、動きに合わせてピチャクチャと卑猥に湿った摩擦音も聞こえてきた。

「く……」

やがて浩樹は昇り詰め、大きな快感に呻きながら勢いよく柔肉の奥に熱いザーメンをほとばしらせてしまった。

「アア……、いく……！　すごいわ……！」

噴出を感じると麻衣もオルガスムスに達して口走り、回した両手に強く力を込めて膣内の収縮を最高潮にさせた。

浩樹は心ゆくまで快感を味わい、最後の一滴まで出し尽くし、満足して麻衣にもたれかかっていった。

「ああ……、こんなの初めて……」

麻衣も、息も絶えだえになりながら言って硬直を解き、満足げに力を抜いて身を投げ出していった。

まだ膣内が収縮し、ペニスは過敏にヒクヒクと震えた。浩樹は彼女の息を間近に嗅ぎながら、うっとりと快感の余韻を噛み締めたのだった。

そして呼吸を整えると気を込め、膣内に放ったザーメンを再び尿道口から吸入すると、淫気と勃起が回復していった。

「あう……、大きすぎて、痛いです……」

麻衣が、また始まるのではという不安に呻いて言い、浩樹もそっと引き抜いて添い寝したのだった。

「もしかして中で出しちゃいましたか……」

「ううん、まだいってないよ」

麻衣が不安げに言うので彼は答え、手を握ってペニスに導いた。彼女も、ザーメンのヌメリがなく勃起したままのペニスに安心したようだ。

「何だか、初めて大人になった気分です。あと……、いくとき、ふと高宮部長もこんなふうにいくのかなって思い浮かんだんですけど、なぜでしょうね……」

麻衣が、息を弾ませて言った。

「そう……」

浩樹は答えたが、先日、美百合としたとき、膣内に放出したザーメンを吸入し、彼女の愛液まで一緒に吸い込んだのだろう。ひょっとして、それが麻衣に絶頂を与える影響になったのかも知れないと思った。

それは、愛液を舐めれば体内に吸収するだろうが、それとは違い、美百合のオルガスムスの気の込められた愛液だ。それが浩樹の体内に残り、まだ未熟なはずの麻衣の絶頂を誘発したのではないか。

そうなると、浩樹の能力はザーメンの吸入ばかりでなく、相手の快楽を蓄積し、別の女性との行為に役立つのかも知れない。

それなら処女を相手にしても、大人である美百合の快楽を注入して、いかせることが出来るのではないかと思った。

どうやら、浩樹の能力にはエンドレスの快感というもの以外に、連鎖という未知の部分があるようだった。

「じゃ、シャワー浴びようか」

浩樹は促し、彼女を支えながら立ち上がった。

バスルームに移動し、シャワーの湯で互いの全身を洗い流すと、麻衣も汗ばんだままだったというのを思い出して急に羞恥を覚えたようだった。

「私、汗臭かったですか……」

「ううん、とってもいい匂いだったから大丈夫だよ。足の指もお尻の穴も腋の下も」

「ああッ……」

言うと、麻衣は声を震わせて身を縮めてしまった。

3

「全部、舐めちゃったんですね……」

「うん、あの官能小説の通りに」

「本当に、嫌な匂いしなかったですか……」

「君みたいな綺麗なお嬢さんでも、ちゃんとトイレで大小をするんだなと分かって嬉しかった」

「まあ……！」

あまりに彼女が羞恥に身をよじるので、また浩樹は我慢できなくなってきた。

「ねえ、こうして、顔に跨がって」

浩樹は狭い洗い場で仰向けになり、両膝を立てて身を縮めながら言った。そして麻衣の手を引っ張り、顔に跨がせてしゃがませた。

「あん、ダメです。こんな格好恥ずかしいから……」

「もう洗ってしまって匂わないから大丈夫だろう？」

彼女は尻込みしながら言ったが、浩樹によって強引にしゃがまされてしまった。

和式トイレスタイルで脚がＭ字になると、健康的にムチムチした脹ら脛と太腿が、さらにムッチリと張り詰めた。

ぷっくりした割れ目も鼻先に迫り、間からはまた新たな蜜が溢れはじめていた。

下から腰を抱えて割れ目に鼻と口を押し当てたが、やはり湯に濡れた恥毛の隅々に籠もっていた濃い体臭は薄れてしまっていた。

舌を挿し入れて膣口の襞をクチュクチュ掻き回して淡い酸味のヌメリを貪り、クリトリスまで舐め上げていくと、

「アアッ……、ダメです、また感じて変になっちゃう……」

麻衣が腰をくねらせて喘ぎ、力が抜けて今にも座り込みそうになるたび懸命に両足を踏ん張った。

「ね、オシッコしてみて、少しでいいから」

「ええっ……？」

とうとう浩樹が真下から言うと、麻衣は驚いて声を震わせた。

「どうして、そんなこと……」

「あの官能小説には出てこなかったけど、普通、男は綺麗なお嬢さんのオシッコを浴びたり飲んだりするのが常識なんだよ」

「そんなこと、信じられないわ……」

「でも、この体勢だから少しぐらい出るでしょう？」

浩樹は勃起しながら言い、逃げられないよう彼女の腰を抱え込んで押さえた。

やはり彼女は立ったままより、しゃがんだ方が放尿しやすいだろう。

さらに舌を這わせながらクリトリスに吸い付き、尿意を促すため指を膣口に挿し入れ、天井を圧迫するように擦った。

「あうう、ダメよ、吸ったら本当に出ちゃいます……」

「いいよ、出して。目をつぶって、僕なんかいないと思って」

浩樹は言い、舌と指を動かして期待に胸を高鳴らせた。

すると余韻の中で、とうとう麻衣も尿道口を緩めてしまったようだ。

柔肉が迫り出し、急に温もりが満ちてポタポタと雫が滴ったと思うと、すぐにもチョロチョロと弱い流れが口に注がれてきた。

「ああ……！」

麻衣は、大変なことをしてしまったというふうに、しゃがみ込みながら両手で顔を覆ったが、いったん放たれた流れは止めようもなく、次第に勢いを増してほとばしってきた。

味と匂いは実に淡く抵抗のないものだったが、勢いがつくと飲み込むのが追いつかず、口から溢れた分が耳や首筋に温かく伝い流れていった。

それでも飲み込むたび、甘美な悦びが胸いっぱいに広がり、悩ましい残り香が鼻に抜けた。

しかしピークを越えるとすぐに勢いが衰え、やがて放尿は終わってしまった。

浩樹は点々と滴る雫を舌に受け、割れ目内部も舐め回して余りをすすった。

「アアッ……！」

麻衣が感じて喘ぎ、新たな愛液が溢れると、雫もすぐにツツーッと糸を引いて滴るようになっていった。しかし舐めていると、彼女も刺激を避けるように腰を上げてしまった。

「ごめんなさい。本当にしちゃって。大丈夫ですか……」

身を起こした浩樹に、麻衣がオロオロしながら言った。

「うん、僕が頼んだんだからね、有難う」

彼は答え、もう一度互いの全身を洗い流して立ち上がった。そして身体を拭いて、全裸のまま布団に戻った。

麻衣も、まだ力が入らないように素直に横になった。

「もう入れたらダメ？」

「ええ、今日はもう勘弁して下さい。歩けなくなります……」

「じゃ指でして」

浩樹は添い寝して言い、麻衣に握ってもらった。彼女も柔らかな手のひらに包み込み、ニギニギと愛撫してくれた。

彼は揉んでもらいながら、麻衣に唇を重ね、ネットリと舌をからめた。

そして生温かな唾液と滑らかな舌の感触を味わってから、僅かに顔をずらして、開いた彼女の口に鼻を押し込んで嗅いだ。

「ああ、いい匂い……」

浩樹は、かぐわしく可憐な息の匂いに酔いしれながら喘いだ。

「は、恥ずかしいです。歯磨きもしていないのに……」

麻衣は声を震わせ、その間は指の愛撫がなおざりになったので、幹をヒクヒクさせると再び動かしてくれた。

「唾を飲ませて」

彼女の顔を上へ押し上げて言うと、麻衣も羞《は》じらいながら懸命に唾液を分泌させ、クチュッと吐き出してくれた。

それを舌に受け、小泡の多い粘液を味わって喉を潤した。

「顔中もヌルヌルにして……」

言うと麻衣も懸命にペニスを愛撫しながら舌を這わせ、彼の鼻の頭から頬、瞼まで清らかな唾液でヌルヌルにしてくれた。

「ああ、いきそう……」

浩樹は美女の唾液と吐息の匂いに包まれて激しく高まり、彼女の顔を股間へと押しやった。麻衣も素直に移動し、やがて大股開きにした股間に腹這い、可憐な顔を寄せてきた。

「先にここ舐めて」

言って両脚を浮かせて抱えると、麻衣も厭わず尻の谷間を舐めてくれた。

肛門にもチロチロと舌が這い、彼女は自分がされたようにヌルッと浅く潜り込ませてきた。

「あう、いい……」

彼は妖しい快感に呻き、モグモグと美女の舌先を肛門で味わうように締め付けた。

そして脚を下ろすと、自然に彼女も舌を引き離した。

「今度はここ」

陰嚢を指して言うと、麻衣も袋を舐め回し、生温かな唾液で濡らしながら二つの睾丸を転がしてくれた。熱い鼻息がペニスの裏側をくすぐり、浩樹も我慢できなくなって幹に指を添え、せがむように彼女の口に先端を押し付けた。

麻衣はチロチロと粘液の滲む尿道口を舐め回し、やがて丸く開いた口でスッポリと肉棒を呑み込んでいった。

ペニス全体が温かく濡れた美女の口に根元まで納まると、彼女は息で恥毛をくすぐりながら幹を丸く締め付けて吸い、口の中ではクチュクチュと舌をからみつかせてくれた。

「ああ、気持ちいい……」

浩樹は喘ぎ、唾液にまみれたペニスを彼女の口の中でヒクヒク震わせた。

そして下から小刻みに股間を突き上げると、麻衣も顔を上下させ、スポスポとリズミカルに摩擦してくれた。

「い、いく……、飲んで……！」

たちまち浩樹は大きな絶頂の快感に全身を貫かれて口走り、ドクンドクンとありったけの熱いザーメンを勢いよくほとばしらせ、彼女の喉の奥を直撃した。

「ンン……」

麻衣は噴出を受け止めながら熱く鼻を鳴らし、それでも吸引と舌の蠢きを続行してくれた。

浩樹も快感を味わい、心置きなく最後の一滴まで出し尽くしていった。

そして満足しながら硬直を解き、グッタリと身を投げ出すと、麻衣も亀頭を含んだまま、口に溜まった大量のザーメンをゴクリと一息に飲み込んでくれた。

口腔がキュッと締まり、浩樹は駄目押しの快感に幹をピクンと震わせた。

飲み干すと麻衣はようやく口を離し、なおも幹に指を添えながら、尿道口に滲む白濁の雫まで丁寧に舐め取ってくれたのだった。

「ああ、気持ちいい。でももういいよ、どうも有難う……」

浩樹が過敏にヒクヒクと反応しながら言うと、麻衣も舌を引っ込めてくれた。

彼は麻衣を抱き寄せて再び添い寝させ、甘えるように腕枕してもらい、かぐわしい息を嗅ぎながら呼吸を整え、余韻を味わった。

彼女も大仕事を終えたように息を弾ませたが、その吐息にザーメンの生臭さは残らず、さっきと同じ心地よい刺激を含んでいた。

そろそろ日が沈んできたので、浩樹は心地よい余韻の中で、今夜は麻衣に夕食でもご馳走しようと思ったのだった。

4

「CDのジャケットのモデル、君を推薦してもいいかな」

浩樹は、高校を出たばかりの社員で、まだ十八歳の新人である三原瑠奈《みはらるな》にそっと声を掛けた。

瑠奈は、まだ少女の面影を残し、何しろ美しくて清潔感がある。

ＫＫＢでは、自社製作の音楽ＣＤのモデルを、女性社員の中から投票しようという企画が持ち上がり、男性社員たちはみなこっそり好みのＯＬを選んで投票しているのだった。

浩樹も、本当は大人の魅力溢れる美百合や清楚な麻衣にしようかと思ったのだが、やはり関係した人を依怙贔屓《えこひいき》するより、本当にジャケットに似合うと思った子に入れるべきだった。

それに投票は無記名だから、公正に多数決で選ばれることだろう。

音楽はクラシックで、ジャケットのイメージは草原に白いドレスというのが決まっている。

瑠奈はセミロングの髪に笑窪《えくぼ》と八重歯《やえば》が愛らしく、今はまだコピー取りやお茶くみなどの雑用ばかりだが、浩樹はオフィスで彼女の可憐な姿を見るだけで心が安らぐ思いをしていた。

「いえ、困ります……」

日頃から明るく天真爛漫《てんしんらんまん》な瑠奈が、やや顔を曇らせて答えた。

「え……？　でも開票で一位になる保証はないけれど」

「それでもダメなんです」

「どうして……？」

浩樹が訊くと、根津課長が割り込んできた。

「そこ、なに喋《しゃべ》ってる。三原君、お茶を頼む！」

「はい、ただいま」

言われて瑠奈は根津に答え、すぐに給湯室へと行ってしまった。

（ネズミ男め、邪魔しやがって……）

浩樹は思いながら、仕方なく自分の席に戻った。瑠奈も、そんな根津に嫌悪を抱いて、茶に唾液でも入れたりしないだろうか。でも、そんな羨《うらや》ましいことなら自分の茶に入れてほしい、と思った。

根津は、大人の女性である美百合に投票するだろう。彼は、まだ未熟で仕事の覚束ない麻衣や瑠奈などは好みではないのだ。

あれから美百合は忙しくてエッチのお誘いなどはしてくれないし、麻衣も朗読ＣＤの制作中で、浩樹とは何事もなかったように接していた。

それでも一日の仕事を終え、浩樹が退社すると、後から瑠奈が追ってきた。

「白木さん、ちょっとお話が……」

「じゃ、夕食でもしながらとかは？」

「はい、行きましょう」

瑠奈は、笑顔で誘いに乗ってくれた。浩樹は一緒にレストランに入ったが、まさか十八の子に欲情してはいけないと自戒した。

「私もビール飲んじゃおうかな」

彼がジョッキを頼むと、瑠奈も言った。

「大丈夫かな。まあ社会人だから、グラスビールにしなさい。余れば僕が飲むから」

浩樹は言って頼んでやったが、そういえば瑠奈が十八ということ以外、どんな住まいでどこから通っているかも、何も知らなかった。

「で、どうしてジャケットのモデルに選ばれたら困るの？」

「目立たないように下積みするという約束なんです。ママと」

「そう、何かそういう教育方針なのかな」

やがてビールが運ばれ、二人は乾杯して飲んだ。瑠奈も、すでに飲んだ経験ぐらいあるように美味しそうに喉を鳴らした。

そして料理も運ばれてきたので、差し向かいで食事しながら話した。

「私、秘密があります。でも、誰か一人でいいから話したくて仕方がなくて」

「そう、どんな秘密かな」

「聞きたいなら、条件があります」

瑠奈は、悪戯《いたずら》っぽい眼で彼を見つめて言った。二十三歳の麻衣より、ずっと物怖じせず、はっきりした物言いだった。

「うん、聞きたいから条件を言ってごらん」

「私の、最初のエッチの相手になって下さい。どうしても、大人の体験がしたいんです。ずっと女子校だったし、今は職場で大人の人ばかりだから縁が無くて」

「え……」

言われて、理性よりも先に彼の股間がズキンと疼いてしまった。

「そ、そんな好奇心で、好きでもない相手としちゃいけないよ……」

浩樹は、辛《かろ》うじて大人の面目を保って答えた。

「私、好きです。白木さんのこと。二ヶ月間見ていて、いちばん優しいし家庭も持っていないし。だから今日、話しかけられたの嬉しかったんです」

瑠奈が、黒目がちの澄んだ眼差しでじっと彼を見て言い、そして緊張もなく落ち着いていた。

「うーん……」

「私のこと、うんと嫌いじゃないでしょう？　モデルに選んでくれるぐらいだから」

「あ、ああ、もちろん可愛いと思ったから言ったのだけれど……」

「じゃ、お願いします。そうしたら、私も秘密を言います」

美少女に懇願され、浩樹は早く食事を終えて移動したくなった。

「うん、分かった。本当に後悔しないのなら、そろそろ体験してもいい頃だよね」

「わあ良かった。じゃ早く食事終えちゃいましょう」

瑠奈は言い、グラスビールを飲み干して食事の残りを片付けはじめた。

「キ、キスしたことは？」

「ないです」

聞くと、瑠奈が食べながら答えた。どうやら、完全無垢な美少女を好きに出来るようなのだ。浩樹は勃起しながら、思わず知り合いがいないかどうか周囲の客を見回してしまった。

やがて、ろくに味も分からないまま食事を終え、浩樹は支払いを終えて瑠奈と一緒にレストランを出た。そのまま駅裏のラブホテル街へと向かい、手近な一軒に素早く入った。

そして密室に入ってドアをロックし、二人はまず上着を脱いだ。

「どうしても途中で嫌になったら正直に言うんだよ。じゃ僕はシャワー浴びて歯を磨いてくるからね」

浩樹は言って彼女をソファに座らせて待たせ、脱衣所に行った。

ネクタイを外して手早く全裸になり、彼は歯ブラシを手にバスルームに入った。

シャワーの湯を浴び、ボディソープで全身を洗いながら念入りに歯磨きをし、もちろん放尿も済ませた。

そしてシャボンを流し、身体を拭いて脱衣所に行き、鏡で鼻の穴や前歯をチェックし、さらにマウスウオッシュもして腰にバスタオルを巻いた。

(初めての処女だ。こんな経験、生涯で唯一かも知れない……)

浩樹が緊張しながら興奮に勃起し、脱いだものを持って恐る恐る部屋に戻ると、すでに照明がやや暗くなり、瑠奈の脱いだものがソファに置かれていた。

彼女はベッドに潜り込んで待っていた。

シャワーを浴びると言ってごねないことに安心し、浩樹もバスタオルを外して隣に滑り込んだ。

あるいは瑠奈は、すぐにも挿入して終わりと思っているのかも知れない。

するとと瑠奈が横からしがみついてきた。

「お願い、軽い女の子と思わないで下さいね。私、本当に白木さんのことが好きなのだから……」

普段は明るい彼女が神妙に言うと愛《いと》しくなり、浩樹も頷く代わりに強く抱きすくめながらふんわりした髪の甘い匂いを嗅いだ。

リンスの香りの中に、まだ乳臭いような匂いが入り混じっていた。浩樹自身は、いけないことをする禁断の興奮に激しく勃起していた。

ここは、やはり足から舐めるより、最初はキスからだろう。瑠奈にとって記念すべきファーストキスなのだ。

彼女の顎にそっと指を掛けて顔を上向かせ、浩樹は唇を求めていった。

瑠奈は目を閉じ、素直に顔を向け、やがてピッタリと唇が密着した。柔らかく無垢な感触と、ほのかな唾液の湿り気、息の熱気が伝わってきた。

鼻から洩れる息は、ほとんど無臭だった。十代のジューシーな唾液は、食後でもすぐに口の中を浄化してしまうのかも知れない。

浩樹は清らかな感触を味わいながら、そろそろと舌を割り込ませていった。唇の内側の湿り気を舐め、歯並びをたどって可愛い八重歯を探り、さらに引き締まった歯茎まで味わうと、美少女の前歯が怖ず怖ずと開かれた。

潜り込ませて舌をからめると、

「ク……」

瑠奈が小さく呻き、それでも遊んでくれるようにチロチロと動かしてくれた。

彼は生温かな唾液のヌメリと、舌の蠢きに激しく高まっていった。

そして執拗に探りながら、可愛らしいオッパイに指を這わせていくと、

「ああン……」

瑠奈がビクッと反応し、口を離して喘いだ。口から洩れる息は熱く湿り気があり、果実のように甘酸っぱい匂いが彼の鼻腔を刺激してきた。

基本は麻衣と似た匂いだが、もっと可愛らしく、まるでイチゴとリンゴしか食べていないような芳香で、浩樹はうっとりと酔いしれた。

5

「いい？　じゃ嫌だったら言うんだよ……」

浩樹は囁きながら完全に布団をはぎ、小さく頷く瑠奈を仰向けにさせて、白い首筋を舐め下りていった。

どちらかというと、ぽっちゃり型の瑠奈は、想像以上に膨らみが豊かで、それでも乳首と乳輪は実に清らかな薄桃色をしていた。

まずは右の乳首にチュッと吸い付き、舌を這わせた。すると陥没しがちだった柔らかな乳首が、刺激を受けるうちコリコリと硬く突き立ってきた。

「アア……」

瑠奈が熱く喘ぎ、くすぐったそうにクネクネと身悶えはじめ、甘ったるい汗の匂いが揺らめいて鼻腔を刺激した。

片方の乳首が勃起すると、自然にもう片方もツンと硬くなっていた。

浩樹は左右の乳首を交互に含んで舐め回しては、膨らみの感触を味わい、さらに腋の下にも顔を埋め込んでいった。

そこは生ぬるくジットリ湿り、甘ったるいミルク臭の汗の匂いが可愛らしく籠もっていた。

「いい匂い……」

浩樹はうっとりと言いながら美少女の体臭で鼻腔を満たし、舌を這わせた。

「ダメ、くすぐったいわ……」

瑠奈がクネクネ悶えながら言い、やがて浩樹も滑らかな処女の肌を舐め下りていった。腹の真ん中に戻り、愛らしい縦長の臍を舐め、張り詰めた下腹に顔を押し付けると、何とも心地よい弾力が返ってきた。

（この中に、脂肪やお肉や腸が詰まってるんだなあ……）

彼は思い、もちろん楽しみな股間は後回しにし、腰から太腿へ舐め下りていった。

ムッチリとした健康的な太腿は、思い切り嚙みつきたい衝動に駆られた。どこに触れても無垢な肌なのだ。

丸い膝小僧を舐め、軽く嚙み、滑らかな脛に降りていくと、瑠奈は全身が感じるように身をくねらせて息を弾ませた。

足首まで下りると、摑《つか》んで浮かせ、彼は美少女の足裏に顔を押し付け、踵から土踏まずを舐め、指の股に鼻を割り込ませて嗅いだ。

そこも汗と脂に湿って、ムレムレの匂いが濃厚に沁み付いていた。

「ここもいい匂い」

「あう……、嘘……」

思わず言って嗅ぎまくると、瑠奈が息を詰めて言った。しかし瑠奈は羞恥よりも、隅々まで愛《め》でる彼の行動を不思議そうにしながら受け入れていた。

拒むこともせず、まるで天使のように何でも好きにさせてくれているのである。

浩樹は爪先にしゃぶり付き、全ての指の股を舐め回し、もう片方の足も味と匂いが薄れるまで貪り尽くした。

「アア……、くすぐったくて、変な気持ち……」

瑠奈がビクリと反応しながら、熱く喘いで言った。

やがて浩樹は美少女の股を開かせ、いよいよ脚の内側を舐め上げ、無垢な股間に顔を進めていった。

両膝の間に顔を割り込ませると、さすがに瑠奈も羞恥に内腿を震わせ、彼の両頬を挟み付けてきた。

「もっと力を抜いてね」

浩樹は、新人ＯＬというより少女に話しかけるように言い、処女の割れ目に迫って目を凝らした。ぷっくりした丘に、楚々とした若草がひとつまみほど煙り、割れ目からはみ出す花びらも実に綺麗なピンクだった。

そっと指を当てて陰唇を広げると、中は驚くほど大量の蜜にヌラヌラと潤い、無垢な膣口が襞を震わせて息づいていた。

包皮の下からは真珠のようなクリトリスが顔を覗かせ、あまりに清らかで艶めかしい眺めに、彼は吸い寄せられるように顔を埋め込んでいった。

柔らかな恥毛に鼻を擦りつけて嗅ぐと、隅々には生ぬるい汗とオシッコの匂いが可愛らしく籠もり、それに処女特有の恥垢《ちこう》によるものか、うっすらとしたチーズ臭も混じって感じられた。

舌を這わせると、淡い酸味のヌメリが動きを滑らかにさせた。

浩樹は舌先で膣口の襞をクチュクチュ掻き回し、蜜を掬《すく》い取りながらクリトリスまで舐め上げていった。

「アアッ……！」

瑠奈がビクッと顔を仰け反らせて喘ぎ、彼の顔を締め付ける両腿に力を込めた。

彼は腰を抱えてチロチロとクリトリスを舐め、ヒクヒク波打つ下腹の反応を観察した。

舐めるたびに愛液の量も増して、彼女の息遣いも荒くなっていった。

さらにオシメでも替えるように瑠奈の両脚を浮かせ、尻の谷間に迫っていった。

薄桃色の蕾も実に綺麗に襞が揃い、鼻を埋めて嗅ぐと微香が籠もって胸に沁み込んできた。

舌を這わせて濡らし、ヌルッと潜り込ませて滑らかな粘膜を味わうと、

「あう……、ダメです、汚いのに……」

さすがに瑠奈も羞恥を露わにし、麻衣と同じ反応をしてキュッと肛門で舌先を締め付けた。

浩樹は処女の肛門を舐めている幸福を嚙み締めながら舌を蠢かせ、やがて脚を下ろして再び割れ目を舐めた。

「ああ……、いい気持ち……」

瑠奈が声を上ずらせて言い、激しく身悶えるので頃合いと見て、浩樹は処女の味と匂いを記憶に刻みつけてから身を起こし、股間を進めていった。

幹に指を添えて先端を割れ目に擦りつけ、充分にヌメリを与えてから位置を定め、ゆっくりと挿入した。

張り詰めた亀頭が処女膜を丸く押し広げて潜り込むと、あとは比較的滑らかにヌルヌルッと根元まで押し込むことが出来た。

「アアッ……！」

瑠奈が破瓜《はか》の痛みに微かに眉をひそめて喘ぎ、それでも彼が身を重ねると下から両手を回してきつくしがみついてきた。

浩樹は肉襞の摩擦ときつい締め付け、熱いほどの温もりを感じながら、とうとう処女を征服したのだという感激に包まれた。

まだ勿体《もったい》ないので動かず、彼はのしかかりながら温もりと感触を味わった。

胸の下では張りのあるオッパイが押し潰れて弾み、密着した柔肌が処女を失った戦《おのの》きに震え、恥毛が擦れ合ってコリコリする恥骨の膨らみも感じられた。

浩樹は上から唇を重ね、可愛らしい果実臭の息を嗅ぎながら舌をからめ、生温かな唾液をすすって徐々に腰を動かしはじめていった。

「ンン……」

動くと、瑠奈が小さく呻き、反射的にチュッと強く彼の舌に吸い付いてきた。

しかし愛液の量が多いので動きも滑らかだし、彼女も覚悟の上で痛いことぐらい分かっているので、次第に股間を突き上げて動きを合わせてくれた。

浩樹も高まり、もちろん何度でも出来るし、瑠奈も長引くのは辛いだろうから、我慢することなく一気にフィニッシュを目指した。

昇り詰めるときは快感に専念し、思わず股間をぶつけるほど勢いを付けて動いてしまった。

「い、いく……！」

浩樹は絶頂に達し、口走りながら熱い大量のザーメンをドクドクと柔肉の奥にほとばしらせた。

「アアッ……、気持ちいいッ……！」

すると、噴出を受け止めた途端に瑠奈が口走り、ガクガクと激しく腰を跳ね上げてきたのである。

どうやらザーメンとともに、美百合や麻衣のオルガスムス時の気の籠もった愛液が注入され、不思議な効果を呼び、初めてにもかかわらず絶頂が誘発されたようだった。

やはり処女でも、浩樹が抱くと最初からオルガスムスが得られることが証明されたのだ。いや、あるいは瑠奈がそうした素質を持っていたことも考えられるが、それはこれからの体験で解明されていくことだろう。

とにかく浩樹は快感に酔いしれ、心置きなく最後の一滴まで出し尽くし、満足しながら動きを弱めていった。

「アア……、こんなに良いものだなんて……」

瑠奈も初めての快感に息を弾ませながら、徐々に強ばりを解いて身を投げ出して言った。まだ膣内の収縮は続き、彼はヒクヒクと過敏に幹を震わせ、美少女の甘酸っぱい息を嗅ぎながら余韻を味わった。

そして完全に動きを止めて呼吸を整えながら、膣内のザーメンを吸入し、勃起と淫気を取り戻していった。

すると瑠奈が、熱っぽい薄目で彼を見上げながら囁いた。

「これで、私も大人になったのね……」

「うん、そうだよ。最初から気持ち良いのは、相性が良かったんだね」

浩樹は答え、処女を失ったばかりの可憐な顔を間近に見下ろした。

「じゃ、私の秘密を言うわね。一人で抱えていて辛かったから」

「うん、言って」

浩樹は、何だろうと思いつつ好奇心を抱いて促すと、彼女が口を開いた。

「私のママは、ＫＫＢ社長の小久保亜矢子《あやこ》なの」

「ええっ……！」

言われて、浩樹は度肝《どぎも》を抜かれたのだった。

第三章　女社長の超名器に昇天

1

「私の三原というのは、離婚したパパの苗字なの」

横になったまま、瑠奈が言った。

浩樹も股間を引き離し、ティッシュで処理をしてから添い寝していた。彼女は僅かに出血していたがすぐ止まり、もちろん後悔もなく、痛みもそれほどないように淡々と語った。

「そうだったの。僕は社長令嬢の処女を奪っちゃったのか……」

浩樹も、ようやく落ち着きを取り戻しながら答えた。

秘密というから、自分のような特殊能力を持っているのかなと思ったが、それはK

KBに勤めるサラリーマンにとってはかなり衝撃の内容であった。

「パパが海外赴任になったので、私はこの春からママと同居。一浪して、来年も大学を受けようか働こうか迷っていたら、まず半年ばかり社会勉強でKKBに入れと言われて、なるべく下積みの仕事ばかりしているの」

瑠奈が、全裸のまま彼に肌をくっつけて言う。

まだ自分で、それほどやりたいことや目標は見つかっていないようだった。高校時代は、ずっとテニスに熱中していたらしい。

「そう、それでモデルとか目立つことは避けたかったんだね」

「ええ、でも万一投票で決まってしまったら、ママも許すと思うけれど」

「そのままモデルになっちゃうという進路は？　ものすごく可愛いんだから」

「まだ決まったわけじゃないから」

瑠奈は言い、とにかくオフィスで母親の他に、一人でも自分の素性を知っている人がいると安心できるようだった。

そして彼女は、打ち明け話を済ませたら、再び好奇心を甦らせ、そろそろと屹立したままのペニスに触れてきた。

「ああ……、気持ちいい……」

浩樹も、美少女にいじられ幹を震わせて喘いだ。

「さっきいったのに、もうこんなに硬くなってる……」

「うん、実はいったんだけど、僕にも秘密があってね、膣内に出したザーメンを吸い込んで、すぐ元通りになれるんだ」

「ゾウさんのお鼻みたいに？」

「うん、だから中出ししても妊娠の心配もないんだよ」

浩樹も、自分の秘密を打ち明けてすっきりした気分だった。

瑠奈も当然ながら、男の射精の仕組みなど一通りの知識はあるようだ。

そしてニギニギと動かして感触を確かめながら、とうとう顔を移動させて間近に観察をはじめた。

浩樹が仰向けで大股開きになると、彼女も真ん中に腹這い、髪でサラリと内腿をくすぐって熱い視線を注いできた。

「こんな大きなのが入ったのね。最初は痛かったけど、でも最後はすごく気持ち良かったわ。溶けてしまうみたいに……」

瑠奈が幹を弄びながら囁くと、生温かな息が股間をくすぐった。

さらに彼女は陰嚢に触れて二つの睾丸を探り、袋を持ち上げて肛門の方まで覗き込んできた。

「ああ、恥ずかしいよ……」

浩樹は、美少女の無垢な視線と熱い息を感じて喘いだ。

すると瑠奈は、自分がされたように彼の両脚を浮かせ、何と肛門を舐め回してくれたのだ。

「あう、いいよ、そんなことしなくても……」

浩樹は妖しい快感に呻いたが、社長令嬢と知ると、さらに畏《おそ》れ多いような興奮も加わってきた。それに、どうせ綺麗に洗ってあるのだ。

瑠奈は厭《いと》わずチロチロと舐めて濡らし、ヌルッと潜り込ませてきた。

「く……」

彼は息を詰め、キュッときつく肛門で美少女の舌先を締め付けた。

瑠奈も内部で舌を蠢かせ、やがて引き抜いて脚を下ろし、陰嚢にも舌を這わせて睾丸を転がしてくれた。

そしていよいよ肉棒の裏側を、まるでソフトクリームのようにペローリと舐め上げて先端まで舌を這わせ、尿道口から滲む粘液をチロチロと舐め取ってくれた。

さらに張りつめた亀頭にしゃぶり付き、チラと彼の表情に目を向けてから、スッポリと喉の奥まで呑み込んできた。

「アア……」

浩樹は、美少女の熱く濡れた口の中で、唾液にまみれたペニスをヒクヒク震わせて熱く喘いだ。瑠奈も笑窪の浮かぶ頬をすぼめて吸い付き、熱い息で恥毛をそよがせながら懸命に舌をからめた。

思わずズンと股間を突き上げると、

「ク……」

喉の奥を突かれた瑠奈が小さく呻き、さらにたっぷりと生温かな唾液を分泌させてペニスを浸してきた。

「こっちを跨いで……」

浩樹が言って彼女の下半身を求めると、瑠奈も亀頭をくわえたまま身を反転させ、彼の顔に跨がってくれた。

下から腰を抱えて割れ目を舐めると、もちろんザーメンは残っていないので瑠奈の純粋な愛液と、若草に籠《こ》もった体臭が感じられた。

彼女も再びペニスをしゃぶり、向きが逆になったので鼻息が陰嚢をくすぐった。

「ね、オシッコしてみて……」

「ええっ？　大丈夫なの……？」

言うと、瑠奈が口を離して驚いたように訊いてきた。

「うん、瑠奈ちゃんの出したものなら、こぼさずに全部飲めると思うから」

言うと、彼女は出るかどうか少し息を詰めて考えたようだ。恥ずかしいから無理という返事はないので、あるいは他の誰より言いなりになってくれそうだった。

「少し出そう……」

「じゃ出してね」

答えると浩樹は再び割れ目に口を付けて待機し、彼女も亀頭をしゃぶってくれた。彼は瑠奈が集中できないといけないので舌は這わさず、目の上で収縮する可愛い肛門を見上げながら、小刻みに股間を突き上げた。

「ンン……」

瑠奈も熱く鼻を鳴らし、顔を上下させてスポスポと濡れた口で亀頭を摩擦しながらヒクヒクと内腿を震わせた。

すると間もなく彼女の尻がプルンと震え、ポタポタと温かな雫が滴り、すぐにもチョロチョロとした流れがほとばしってきた。

浩樹は口を付けて受け止め、夢中で飲み込みながら快感を高めた。

思っていた通り味も匂いも実に淡くて、こぼさず全て飲み込むのに何の抵抗もなかった。

瑠奈は濃厚なフェラチオを続けながら、ゆるゆると放尿を続け、彼も噎せないよう注意しながら全て喉に流し込んでいった。

すぐに流れが治まり、ようやく浩樹も残り香の中で昇り詰めていった。

「いく……、お願い、飲んで……」

彼は絶頂の快感に貫かれながら口走り、ありったけの熱いザーメンをドクンドクンと脈打たせるように美少女の口の中にほとばしらせた。

「ク……」

喉の奥を直撃された瑠奈が驚いたように呻き、それでも懸命に吸い付きながら舌をからませ、噴出を受け止めてくれた。

浩樹は心ゆくまで快感を味わい、濡れた割れ目を舐め回して余りの雫をすすり、残り香に酔いしれながら最後の一滴まで出し尽くしていった。

すっかり満足してグッタリと身を投げ出すと、ようやく瑠奈も吸引と舌の蠢きを止め、亀頭を含みながらザーメンをコクンと飲み干してくれた。

「ああ、気持ちいい……」

浩樹は、キュッと締まる口腔の刺激に駄目押しの快感を得て、美少女に飲んでもらう感激に喘いだ。

瑠奈も全て飲み干すと、ようやくチュパッと口を引き離し、なおも尿道口から滲む余りの雫まで念入りに舐め取ってくれた。

そして彼が過敏に腰をくねらせると、ようやく舌を引っ込めた。

「本当、出したら少し柔らかくなってきたわ」

別に飲んでも気持ち悪そうではなく、瑠奈が無邪気な口調で言った。

「不味《まず》くなかった？」

浩樹は彼女を引っ張り上げ、添い寝させながら囁いた。

「ええ、お互いに飲んじゃったのね。白木さんは私のオシッコ不味くなかった？」

「うん、天使が出したものだからね。すごく美味しかった」

「変なの。美味しいわけないのに」

瑠奈は言いながらも、全く気にしていないようなのが有難かった。

すると、また浩樹はムクムクと回復してきてしまった。

放出しても、いつも短い時間内に淫気が甦ってしまうのだ。まして今は、何でも言うことを聞いてくれる、とびきりの美少女と一緒なのである。

「もう一回出したくなっちゃった」

「私も、またさっきみたいに気持ち良くなりたいわ」

「じゃ、今度は上から跨いで入れて」

勃起しながら言うと、すぐにも瑠奈は身を起こして彼の股間に跨がり、幹に指を添えて先端を割れ目に押し当てた。

そして彼女はためらわずに腰を沈めて、ヌルヌルッと滑らかに膣内に受け入れていった。

「ああン……」

もう痛そうでなく、瑠奈は刺激に反応して熱く喘ぎ、完全に座り込んでキュッときつく締め付けてきた。ペニスが再び濡れた柔肉の奥に納まり、浩樹は両手を伸ばして彼女を抱き寄せた。

「ここ舐めて……」

彼が乳首を指して言うと、瑠奈は屈み込んでチュッと吸い付き、熱い息で肌をくすぐりながらチロチロと舐め回してくれた。

「ああ、いい気持ち。嚙んで……」

さらにせがむと、瑠奈は前歯でそっと乳首を挟み、様子を見ながら小刻みに動かしてくれた。

「もっと強く……」

言うと、膣内のペニスが歓喜に震えたのが分かったか、瑠奈もやや力を入れて嚙んでくれた。そして彼の左右の乳首を交互に吸い、舌と歯で念入りに愛撫した。

浩樹もジワジワと高まりながら彼女の顔を引き寄せ、下から唇を重ねた。

美少女の吐息は、特にザーメンの生臭さは残らず、さっきと同じ甘酸っぱい果実臭がしていた。

舌をからめて生温かな唾液を味わい、浩樹は徐々に股間を突き上げはじめた。

「唾を飲ませて、いっぱい」

囁くと、これにも瑠奈はためらわず懸命に唾液を分泌させ、可愛い唇をすぼめてトロトロと吐き出してくれた。舌に受けて小泡の多い清らかな粘液を味わい、うっとりと喉を潤した。

「ね、顔中にも思い切りペッて吐きかけて」

「いいの？　こう？」

言うと瑠奈も顔を寄せて息を吸い込み、強くペッと吐きかけてくれた。

「ああ……、気持ちいい。天使の唾に清められる……。もっと強く……」

て喘いだ。

浩樹は顔中にかぐわしい息を受け、生温かい唾液の固まりをピチャッと鼻筋に受け
さらに瑠奈が勢いよく吐きかけてくれ、そのまま浩樹は顔を引き寄せて鼻筋を舐めてもらった。その間も小刻みな律動が続き、いつしか彼女も腰を上下させて摩擦してくれた。

「いきそう……、お口の匂いを嗅ぎながらいってもいい？」

「変なの。でもいいわ……」

言うと瑠奈も答え、大きく開いた口で彼の鼻を覆って、湿り気ある息を吐きかけてくれた。浩樹は甘酸っぱい匂いに酔いしれ、あっという間に昇り詰め、勢いよく射精してしまった。

「いい匂い、いく……！」

口走りながら股間を突き上げ、やがて最後の一滴まで出し尽くした。

「アア、気持ちいいわ、すごい……！」

瑠奈も噴出とともに喘ぎ、ガクガクとオルガスムスの痙攣を繰り返した。

やがて二人はすっかり満足してグッタリとなり、浩樹は余韻に浸りながら、またザーメンを尿道口に吸入していったのだった……。

2

「ここは、未成年は辞退するべきじゃないか。そして高宮部長に決定しよう」

オフィスで、根津が金切り声を出していた。

モデルを決める開票がされ、トップが瑠奈。一票差の次点が美百合だったのだ。

やはり、かなり瑠奈の可憐さは男子社員の間でも評判だったのだろう。そして大人の魅力を持つ美百合も大健闘だった。

「でも、公正な開票の結果ですからね」

浩樹が言うと、周囲の男子社員も頷いた。

しかし根津は、何としても憧れの美百合にモデルをさせたいらしく、瑠奈にも噛みついていった。

「なあ、高校を出て二ヶ月で、やっとお茶くみを覚えた程度なんだから、ここは大それた役割なんか辞めておくべきじゃないのか」

根津が言い寄ったが、瑠奈は黙って立っているだけだ。最初から目立つことは避けるつもりだったが、しかし決定してしまったのだから、周囲の社員の押しもあって辞退は言いづらいのだろう。

　と、そこへ社長の小久保亜矢子が入ってきたのだ。

「どうしたの。決まった？」

「は、はい！　いま因果を含め、高宮部長に決定するところです」

　根津が直立不動になって答えた。

　亜矢子は四十歳の美女、先代から事業を引き継いで三年になる。

「因果を含めて？　正式なトップは誰なの？」

「三原さんです」

　亜矢子に聞かれて、浩樹が答えた。

「ああ、瑠奈になったの。決定なら仕方がないわね。瑠奈、思い切ってやりなさい」

　亜矢子が言い、根津は目を白黒させた。

「る、瑠奈って……」

「ええ、今まで内緒にしていたけれど、この子は私の一人娘なの。姓の三原は別れた旦那《だんな》のものだけど」

「ひ……、お、お嬢様……？」

　根津が息を呑み、周囲の社員たちも目を丸くしていた。しかし、部長の美百合だけは知っていたらしい。

「でも今まで通り、あくまで一人の新人として鍛えてあげて。さあ瑠奈、課長にお茶でも淹《い》れてあげなさい」

「はい」

「い、いいえ、そんなの自分でやりますので……」

上下関係に弱い根津はオロオロしながら背を屈め、自分で給湯室へと駆け込んでいった。

とにかく亜矢子の一声で、CDジャケットのモデルは瑠奈に決まった。というより投票の結果なのだから当然である。

「じゃ撮影その他の打ち合わせをしたいの。白木君、来て」

「はい」

亜矢子が言い、浩樹は答えながら、オフィスを出る彼女に従った。そんな様子を、給湯室から覗き見ていた根津が妬《ねた》ましそうに見送っていた。

「瑠奈の撮影に立ち会って、面倒を見てあげて」

颯爽と足早に廊下を進みながら亜矢子が言う。

「はい、でもなぜ私に」

「撮影時にリラックスするには、瑠奈の気に入っている人が付き添うのが一番よ」

亜矢子が言う。どうやら彼女は瑠奈から、オフィスでは誰が優しくしてくれて気に入っているのか聞いていたのだろう。

やがてビルを出ると亜矢子は駐車場へ向かい、彼を自家用車に乗せて軽やかに走り出した。

助手席に座った浩樹は、車内に籠もる甘い匂いを感じ、美百合より大人で貫禄ある亜矢子に緊張しながら思わず淫らな妄想をしてしまった。

何しろ、一人娘の瑠奈の処女を奪ってしまったのだ。でも、亜矢子は気づいていないだろう。

亜矢子は色白で巨乳、尻も豊満で魅惑的だった。やり手で通っているが社員には優しく、内外での評判も良かった。

数年前に別れた亭主は婿《むこ》養子で、今は商社マンとして世界を飛び回り、これもやり手のようだった。

やがて車は品川に入り、大きなマンションの駐車場に入った。

撮影スタジオへ挨拶に行くのかと思ったが、十階まで上がると亜矢子が鍵《かぎ》を出してドアを開けたので、どうやら彼女の自宅らしい。

「入って」

言われて靴を脱いで上がり込むと、亜矢子はドアを閉めて内側からロックした。

入るとすぐ広いキッチンとリビングで、３ＬＤＫらしく、応接セットも調度品も豪華なものだった。

ソファを勧められ、亜矢子は上着だけ脱いで紅茶を淹れてくれた。

「工場での評判も良かったけど、この二ヶ月デスクワークでも頑張っているようね」

亜矢子は身を硬くしている彼の向かいに座り、紅茶を差し出して言った。

「いえ、夢中でやってます」

浩樹は答えながら、すでに美百合に麻衣、瑠奈とまでセックスしてしまったことを見透かされるのではないかと緊張した。

しかし亜矢子はリラックスして脚を組み、丸い膝小僧とスラリとした脛を見せた。

「まだ結婚はしないの？」

彼女が、無遠慮に正面から彼を見つめてストレートに訊いてきた。

「はあ、あと半年で三十なのですが、何しろ相手がいないものですから。課長からも早く所帯を持って信用を付けろと言われているのですが」

「そう、付き合っている女性は？」

「いません。今まで一度も」

セックスはしたが、付き合っているわけではないので、これは本当だった。

「まさか、童貞?」

「い、いいえ、正直言うと学生時代に風俗へ。でも味気なくて一度きりです」

初体験に関しても彼は正直に答えた。

「そう、やはり知れば自信に繋がるかも知れないわね。わたしでもいい?」

「は……?」

言われて、浩樹は思わず聞き返した。

やはり美百合と懇《ねんご》ろになって以来、急激に女性運が向上しているようだ。あるいは女性が本能的に、彼の特殊能力の妖しいオーラを察知するのかも知れない。

「そ、そんなこと……」

「嫌だったら諦めるけど、私はものすごく君が欲しいの」

亜矢子が熱っぽい眼差しで言い、浩樹は戸惑いながらも小さく頷いていた。

「社長が相手では畏れ多いですが、教えて頂けるのなら嬉しいです」

3

「そう、じゃこっちへ来て」

亜矢子は言い、組んでいた脚を下ろして立ち上がった。そして彼を寝室へと招き入れた。他の部屋は、亜矢子の書斎と瑠奈の部屋のようだ。

寝室には、夫婦時代からのものらしいダブルベッドが据えられていた。

しかし今は亜矢子だけの体臭が満ち、甘ったるい濃厚な匂いに陶然となったが、彼女は自分の匂いに気づかないようだ。

「いい？　この部屋では社長と呼ばずに亜矢子さんと呼んで」

「分かりました。亜矢子さん」

「いい子ね、じゃ脱いで」

彼女は言い、自分から脱ぎはじめていった。浩樹もスーツとズボンを脱いで、ネクタイを解き、緊張に指を震わせながらワイシャツのボタンを外した。

「実は私、特殊な能力があるのよ」

「え……？」

亜矢子が脱ぎながら言い、浩樹は驚いた。

「元旦那が逃げ出したのもそれが原因。そのあと何人かのセフレを持ったけど、みんな一度きりで敬遠されてしまうわ。だから今は、一年ぶりぐらいかしら」

「どういう能力なのですか……」

「性欲が強すぎて、いつまでもいかないし、いったん中で男が射精したら、延々と吸い取り続けてしまうのよ。何度も何度も、ブラックホールのように」

「うわ……」

「それで元旦那は健康を損《そこ》ねて逃げ、今は回復して元気になったけど、他の男たちも死ぬ寸前まで搾り取られて痩せ細ってしまうわ」

「そうですか……」

浩樹は恐れをなしそうになったが、自分なら大丈夫な気がした。

「恐い？」

「いえ、経験してみたいです」

「そう、良かった。君なら、ひょっとして相性が良いのではないかと勘が働いたの。もし満足できたら、もうこんなもの要らないのに」

亜矢子はブラとショーツだけの姿になり、ベッドの枕元にある引き出しを開けて見せた。見ると、中にはペニスを模したバイブやローターなどが数多く入れられているではないか。

すぐに亜矢子は引き出しを閉め、ブラを外すと、ぶるんと弾むように巨乳が露わになった。いや、美百合以上の爆乳である。

浩樹は激しく勃起しながら全裸になり、美熟女の体臭の沁み付いたベッドに横たわった。亜矢子も最後の一枚を脱ぎ去り、惜しみなく熟れ肌を晒《さら》しながらベッドに上ってきた。

「シャワーは構わないわね。私、若い男の子のナマの匂いが好きなの」

「ええ、僕も女性のナマの匂いを知りたいです……」

「やっぱり私たち気が合いそうね。まあ、こんなに勃《た》ってる。私が恐くないのね。嬉しいわ……」

亜矢子は彼の股の間に腹這い、真っ先にペニスに顔を寄せてきた。

硬度や感触を確かめるように指で幹を撫で、張りつめた亀頭に触れ、陰嚢までクチュクチュとくすぐってきた。

「ああ……」

「いい？　いきそうになっても我慢するのよ」

彼が快感に喘ぐと亜矢子が言い、すでに粘液の滲みはじめている尿道口にチロチロと舌を這わせてきた。

熱い息を股間に籠もらせながら、最初は触れるか触れないかという微妙なタッチで舐め、目を上げて彼の反応を観察していた。

そして徐々に張りつめた亀頭をしゃぶり、さすがに美百合よりテクニックに長《た》けているようだ。

暴発の心配がないと悟ると、彼女はスッポリと深くペニスを呑み込んできた。

「ああ……、気持ちいい……」

浩樹は生温かく濡れた美熟女の口腔に根元まで含まれ、クチュクチュと蠢く舌に翻《ほん》弄《ろう》されながら喘いだ。

しかし亜矢子も味見しただけで、すぐにスポンと口を離した。

「ああ、いいわ。男の子の匂い。それに硬くて逞《たくま》しいわ……」

彼女が、うっとりと言いながら横になってきた。

「さあ、今度は私にして」

「あの、身体中隅々まで探検していいですか……」

「いいわ、好きにして……」

亜矢子が身を投げ出して言い、浩樹も揺れて息づく爆乳に迫った。

やや大きめの乳輪と乳首は、案外初々しく淡い桜色だった。チュッと含んで舌で転がし、顔中を膨らみに埋め込むと心地よい窒息感に噎せ返った。

「アア……」

亜矢子もすぐに熱く喘ぎはじめ、彼の顔を両手で胸に抱きすくめながらクネクネと身悶えた。浩樹は充分に愛撫をし、ようやく彼女の手が緩むと、もう片方の乳首を含んで舐め回し、ときに軽く歯を当てて貪った。

「いいわ、上手よ……、もっと……」

亜矢子は、忙しげに呼吸を荒くして熟れ肌を波打たせた。

浩樹は両の乳首を味わい尽くすと、腋の下にも鼻を潜り込ませていった。

そこは良く手入れされスベスベで、生ぬるく甘ったるい汗の匂いが濃厚に籠もっていた。

彼は美熟女の体臭で胸を満たし、汗に湿った腋を舐め回してから、滑らかな熟れ肌を舐め下りていった。

上品な感じで肉づきが良く、肌は透けるように白かった。

腹部に顔を押し付けて弾力を味わい、綺麗な臍を舐め、張り詰めた下腹から腰、ムッチリと量感ある太腿へ下りていった。

「ああ……、丁寧なのね。嬉しいわ……」

亜矢子がうっとりと身を投げ出して言い、何でも好きにさせてくれた。

浩樹も滑らかな脚を舐め下りて足裏に顔を押し付け、舌を這わせながら指の股に鼻を割り込ませて嗅ぐと、そこは生ぬるい汗と脂に湿って、ムレムレの匂いが濃く沁み付いていた。

やはり美人社長でも新人ＯＬでも、基本的な匂いは同じようなものだった。

ペディキュアはなく、彼は桜色の爪を舐め、全ての指の間にヌルッと舌を挿し入れて味わった。

「あう……、いい気持ちよ……」

亜矢子が息を詰めて言い、指先で舌を挟み付けてきた。やはり、かつて金で買った若いホストなどには、これぐらいの行為はさせているのかも知れない。

浩樹は貪り尽くすと、もう片方の足も味と匂いを堪能し、早く割れ目に行きたい気持ちを抑えて、彼女にうつ伏せになってもらった。

そして踵からアキレス腱、脹ら脛から汗ばんだヒカガミ、スベスベの太腿から白く豊かな尻の丸みをたどり、汗の味のする腰から背中を舐め上げていった。

「ああ、いい気持ち……」

亜矢子は顔を伏せて喘ぎ、彼は黒髪に鼻を埋めて嗅ぎ、また首筋から背中を舐め下りていった。

うつ伏せのまま股を開かせて真ん中に腹這い、豊満な尻に迫って指でムッチリと谷間を広げた。まるで巨大なパンでも二つにするようだ。

すると谷間には薄桃色の蕾が、レモンの先のようにやや盛り上がる感じで艶めかしく閉じられていた。

鼻を埋めて嗅ぐと、顔中に弾力ある双丘が密着し、汗の匂いに混じり秘めやかな微香も籠もって悩ましく鼻腔を刺激してきた。

浩樹は何度も深呼吸して美人社長の匂いを貪り、チロチロと舌を這わせて襞を濡らし、ヌルッと潜り込ませた。

「あう……、嬉しい。そんなこともしてくれるのね……」

亜矢子は、求めなくても彼が何でもしてくれるので感激したように呻き、モグモグときつく肛門で舌先を締め付けてきた。

浩樹も美女の尻に顔を埋める幸福を噛み締めながら、滑らかな粘膜を味わい、やがて舌を離して再び彼女を仰向けにさせていった。

片方の脚をくぐり、大股開きになった股間に迫って白く滑らかな内腿を舐め上げると、股間から発する熱気と湿り気が顔中を包み込んだ。

見ると、ふっくらした丘には黒々と艶のある恥毛が情熱的に濃く密集し、下の方は愛液の雫を宿していた。

肉づきが良く丸みを帯びた割れ目からはみ出す陰唇は興奮に濃く色づき、そこからも溢れた愛液が内腿との間に糸を引いていた。

彼は指を当てて陰唇を広げ、さらに丸見えになった内部に目を凝らした。

かつて瑠奈が生まれ出てきた膣口が、細かな襞を震わせて息づき、ポツンとした尿道口もはっきり分かり、包皮の下からは小指の先ほどもあるクリトリスが光沢を放ってツンと突き立っていた。

艶めかしい眺めにもう我慢できず、浩樹は社長である美熟女の中心部にギュッと顔を埋め込んでいったのだった。

4

「アアッ……、いいわ、もっと……！」

舌を這わせると、亜矢子が身を弓なりに反らせ、量感ある内腿でキュッときつく浩樹の両頬を挟み付けて喘いだ。

柔らかな茂みには甘ったるい汗の匂いが濃厚に籠もり、それにほのかな残尿臭と、大量の愛液による生臭い成分も入り混じって彼の鼻腔を悩ましく掻き回してきた。

浩樹は艶めかしい体臭で鼻腔を満たしながら舌を挿し入れ、膣口の襞を掻き回してクリトリスまで舐め上げていった。

愛液は淡い酸味を含み、すぐにも彼の舌の動きをヌラヌラと滑らかにさせた。

クリトリスにチュッと吸い付いて目を上げると、白い下腹がヒクヒク波打ち、爆乳の間で仰け反って喘ぐ亜矢子の色っぽい顔が見えた。

「強く吸って、噛んでもいいわ……。あう！」

亜矢子が言うので、浩樹も上の歯で包皮を剥き、完全に露出したクリトリスを強く吸い、小刻みに歯で刺激しながら弾くように舌先を這わせた。

そしてクリトリスを攻めながら指を膣口に挿し入れて内壁を擦ると、

（え……？）

今までの女性とは、内部の感触が違っていた。

締まりと肉襞の蠢きが実に激しく、これは完全に名器というものだろう。

「い、入れたいわ……」

やがて充分に高まった亜矢子が言い、彼を股間から追い出して身を起こした。

「私が上よ、いい？」

亜矢子が言うので、浩樹も入れ替わりに仰向けになると、すぐにも彼女がペニスに跨がってきた。そして幹に指を添えることもせず、彼女は上からじっと浩樹の顔を見つめながらペニスに割れ目を押し当ててきた。

その瞬間、彼自身はヌルッと一気に根元まで吸い込まれたのである。

「うわ……！」

浩樹は驚き、唐突な快感に気を引き締めた。まるで膣内の上下にキャタピラでもあり、一瞬にして巻き込まれたようだった。

しかも深々と飲み込んだ膣内は、細かな肉襞が妖しく蠢き、律動しなくても艶めかしい刺激が繰り返され、彼は急激に高まっていった。

これは名器などと言う生易《なまやさ》しいものではなく、やはり特殊体質だった。

「なるべく我慢するのよ。もっとも十秒耐えた人は、まだ誰もいないわ」

亜矢子が囁きながら、身を重ねてきた。

浩樹も下から両手を回してしがみつき、美熟女の妖しい温もりと感触を味わった。

彼女が上からピッタリと唇を重ね、執拗に舌をからめてくると、浩樹も滑らかに蠢く舌を舐め、生温かな唾液をすすった。

亜矢子の熱い息は湿り気を含み、白粉《おしろい》のように甘い刺激が濃く籠もっていた。

やがて、ただでさえ膣内の収縮と蠢きが心地よいのに、亜矢子が腰を動かしはじめてきた。

そのあまりの快感に、やはり若い浩樹は十秒と保てず、あっという間に昇り詰めてしまった。

「く……！」

大きな絶頂の快感に呻き、浩樹は熱い大量のザーメンをドクドクと内部に放出してしまった。すると膣内がさらに蠢き、ザーメンを飲み込むように吸引しはじめたのである。

確かにこれでは、普通の男は連続して何度もいかされ、陰嚢を空っぽにされて精根尽き果ててしまう。それは快感を越えた恐怖であり、それで誰もが亜矢子から離れていくのだろう。

浩樹も、恐ろしい快感に身悶えながら射精した。まるで陰嚢に溜まったザーメンが一本の素麺《そうめん》と化し、それをツルツルッと延々に吸い出される感覚である。

しかし彼は、他の男と違っていた。

快感に悶えながら浩樹は、懸命に放出したザーメンを吸入しては射精し、それを繰り返したのである。

「え……、萎えないの……」

亜矢子も、彼の意外な反応に驚いたように口を離して言った。

彼女の吸引と、浩樹の吸引の競争であった。亜矢子はザーメンを吸い取ろうとし、彼はそれを拒んで逆流に努めたのだ。

そこで妙な均衡《きんこう》が保たれ、互いに股間をぶつけるようにピストン運動しながら荒い呼吸を混じらせていた。

たまに吸い取られると、浩樹も必死に吸入し返し、互いの股間が吸い付き合うようだった。

「アア……、感じるわ。いきそう……」

とうとう亜矢子が根負けしたように吸引を弱めて喘ぎ、激しく股間を擦りつけてきた。そして浩樹も、精根尽き果てたように最後の一回を勢いよく射精し、もう吸引する力も失っていた。

「あう、熱いわ。気持ちいい、いく……、アアーッ……！」

最後の噴出を奥深い部分に受け止め、亜矢子が声を上ずらせてガクンガクンと狂おしい痙攣と収縮を繰り返した。

浩樹も股間を突き上げ、心地よい摩擦のなか最後の一滴まで出し尽くして、さすがにグッタリと動きを止めて身を投げ出していった。

「ああ……」

すると亜矢子も声を洩らし、熟れ肌の硬直を解いて力を抜き、遠慮なく彼に体重を預けてきた。

まだ膣内の収縮は続き、刺激されるたび幹がピクンと内部で過敏に跳ね上がった。

浩樹にしてみれば、結局一回射精しただけだが、これほど何度も吸引を繰り返したのは初めてで、かなり疲労したが、亜矢子がオルガスムスを得たことで大きな達成感があった。

あるいは吸入を繰り返すうち、体内に貯えられた美百合や麻衣、あるいは実の娘である瑠奈の快楽の気を含んだ愛液も同時に注入し、それも亜矢子の絶頂の引き金になったのかも知れない。

「初めていったわ……、バイブと違って、生身は何て気持ちいい……」

亜矢子は息も絶えだえになって囁き、浩樹も彼女の重みと温もりを受け止め、熱く甘い息を嗅ぎながら余韻を噛み締めた。

してみると、バイブでのオルガスムスは経験しているだろうが、それは温もりも射精もないから不完全な満足でしかなかったのだろう。

やがて彼女がそろそろと股間を引き離すと、ザーメン混じりの白濁した愛液がトロトロと大量に漏れた。そして力尽きたようにゴロリと横になり、何度か思い出したようにビクッと熟れ肌を震わせた。

「何度も中で出していたようだったけれど、なぜ……」

「僕も特異体質で、一度射精しても吸入して、興奮と勃起が保てるんです」

「まあ……」

言うと、亜矢子は驚き、彼に腕枕して抱きすくめてきた。

「ひょっとして相性が良いような気がしたけれど、本当に勘が当たったのね……」

彼女は浩樹の髪を撫でながら、甘い息で囁いた。

吐息の刺激を鼻腔に感じ、すぐにも浩樹はムクムクと回復していった。さすがに連続は無理と思ったが、肉体の方はまだまだ美熟女を求めているようだ。

するとで亜矢子も、

「ね、もう一回して。今度は私が下になるから……」

まだ快感をくすぶらせるように、貪欲に言ってきたのだ。そして彼女は枕元の引き出しを開け、ピンクのローターを取り出した。

「これをお尻に入れてから、前に入れて」

言われて、浩樹はローターを受け取って身を起こした。電池ボックスにコードが繋がった、楕円形のバイブである。

亜矢子が仰向けになると、大胆にも自ら両脚を浮かせて抱え、白く豊満な尻を突き出してきた。そんな格好も、美女だと下品に見えないから不思議である。

腹這いになって見ると、割れ目から滴った大量の愛液が肛門もヌメヌメと濡らしていた。

浩樹はローターを蕾に押し当て、指の腹で押し込んでいった。

これも彼女には慣れた行為らしく、すぐにも襞がぴんと伸びきって丸く広がり、滑らかにローターを呑み込んでいった。

たちまちローターが没して見えなくなり、あとは肛門からコードが伸びているだけとなった。

浩樹が電池ボックスのスイッチを入れると、奥からブーン……と低くくぐもった振動音が聞こえてきて、

「アア……、いいわ、入れて……」

亜矢子がせがんできた。

彼は身を起こし、正常位で股間を進めると、すっかり回復したペニスに指を添え、ヌレヌレの割れ目に先端を押し当てていった。

ヌルヌルッと根元まで挿入すると、

「あぁッ……、いい気持ち……」

亜矢子が喘ぎ、ペニスの裏側には間のお肉を通して振動が伝わってきた。

しかも直腸にローターが入っているため、膣内の締まりはさっきよりきつくなっていた。

浩樹は妖しい快感に興奮を高めながら、豊満な熟れ肌に身を重ねていった。

そして先端を押し当てただけで、ヌルッと根元まで吸い込まれてしまった。

亜矢子も両手を回してしがみつき、せがむようにすぐにもズンズンと股間を突き上

げてきたのだった。

5

「ああ、いいわ……、ね、ローターを抜いて、あなたのをお尻に入れて……」

喘いでいた亜矢子が言い、浩樹は驚いたが、これもバイブだけで生身でのアナル挿入は経験していないらしく、どうしてもしてみたいのだろう。

彼も興味を覚え、身を起こしていったんペニスを引き抜いた。そして電池ボックスのスイッチを切り、コードを握って注意深く引っ張ると、また肛門が丸く広がり、ローターが顔を覗かせてきた。

ツルッと抜け落ちると、ローターの表面には特に汚れも曇りもなかった。

それでもティッシュに包んで置き、脚を浮かせた亜矢子の尻に股間を迫らせ、愛液に濡れた先端を押し当ててゆっくり挿入していった。

襞が伸びて丸く広がると、それほどの抵抗もなく張りつめた亀頭が潜り込み、あとはズブズブと滑らかに根元まで押し込むことが出来た。

中は思っていたほどのベタつきもなく、むしろ滑らかで、さすがに入り口付近の締まりがきつかった。

「アア……、突いて、乱暴に奥まで……」

亜矢子が喘いで言い、モグモグと味わうようにペニスを締め付けてきた。

膣内とは摩擦感覚が微妙に違い、股間に密着して弾む豊満な尻の感触が実に心地よかった。

浩樹が徐々に腰を突き動かしはじめると、

「ああ……、いい気持ち……」

亜矢子は自ら乳首をつまんで動かし、空いている割れ目にも指を這わせて激しくクリトリスを擦った。浩樹も初めての感覚に高まり、次第に動きを速めていった。

しかしここで射精したら、膣内とは違うので雑菌の混じったザーメンの吸入は出来ないだろう。

すると何と、彼が射精する前に亜矢子がアナルセックスで昇り詰めてしまった。

「き、気持ちいいッ……、いく……！」

彼女は声を上ずらせて呻き、ガクガクと痙攣し、同時に割れ目から新たな潮《しお》吹きをした。

互いの股間がビショビショになり、浩樹は美熟女の絶頂の凄まじさに目を見張りながら、辛うじて自分は射精せずに済ませてしまった。

「アア……、すごいわ……」

やがて亜矢子が力尽きたように声を洩らしてグッタリと身を投げ出し、肛門の内圧でペニスが押し出されていった。何やら美女に排泄されるような興奮を覚えると、すぐにペニスはヌルッと抜け落ちた。

丸く開いた肛門は、一瞬中の粘膜を覗かせたが、徐々につぼまって元の可憐な形状に戻っていった。

「お風呂で洗わないと……」

亜矢子は余韻に浸る余裕もなく、そう言って身を起こすと彼の手を引いてベッドを下りた。そして一緒にバスルームへ行くと、彼女はシャワーの湯で互いの股間を洗い、ペニスはボディソープで念入りに洗ってくれた。

「オシッコして、中も洗うのよ」

言われて、浩樹は懸命に勃起を抑えながら尿意を高め、やっとの思いでチョロチョロと放尿した。し終わると、亜矢子がもう一度洗い流し、屈み込んで消毒するように尿道口を舐め回してくれた。

「すごいわ、ずっと勃ったままなのね。こんな人は初めてよ」

亜矢子は言い、惚《ほ》れ惚《ぼ》れするように光沢ある亀頭を見つめた。

「ね、亜矢子さんもオシッコして……」

浩樹は床に座りながら言い、目の前に彼女を立たせた。そして片方の脚を浮かせてバスタブのふちに乗せさせ、開いた股間に顔を埋めた。

もう恥毛にも、濃厚だった体臭は籠もっていないが、それでも舐めると新たな愛液が溢れて、淡い酸味のヌメリで舌の動きを滑らかにさせた。

「浴びたいの……？　出るかしら……」

さすがに快楽には貪欲で、バイブオナニーにも長けている亜矢子はアブノーマルな申し出にも驚かず、すぐにも下腹に力を入れて尿意を高めてくれた。

そして自ら両の人差し指で陰唇をグイッと広げ、彼が舌を這わせると柔肉が迫り出すように盛り上がって蠢いた。

「あう、出るわ……」

亜矢子が息を詰めて言うなり、味わいと温もりが変化し、チョロチョロと温かな流れがほとばしってきた。それを口に受けると、悩ましい味わいと匂いが広がり、溢れた分が温かく肌を伝った。

飲み込むと甘美な悦びが胸を満たし、亜矢子も勢いを付けて放尿を続けた。

とうとう美しい母娘二代にわたってセックスをし、オシッコまで飲んでしまった。こんな幸運な男は、他にそうはいないだろう。

やがて放尿が終わると、浩樹は割れ目を舐め回して余りの雫をすすった。

「も、もういいわ。また催《もよお》してしまうし、もう一回いったら社に戻れなくなるから」

亜矢子は言って脚を下ろし、彼の顔から股間を引き離した。

「でも、まだこんなに立っているわね。もう一回射精して落ち着くのなら、私の顔にかけて……」

亜矢子が、もう浩樹にメロメロになったように艶めかしい眼差しで囁いた。

「ええ、じゃいきそうになるまで指でして下さい」

浩樹も遠慮なく言い、正面から亜矢子の指でペニスを揉んでもらい、唇を求めていった。

「いっぱい唾を飲みたい……」

言うと、亜矢子も愛撫しながら唾液を分泌させ、口移しにトロトロと送り込んでくれた。浩樹も生温かな唾液をすすってうっとりと喉を潤し、さらに彼女の開いた口に鼻を押し込み、白粉臭の刺激を含んだ息を胸いっぱいに嗅いだ。

「ああ、いい匂い……」

美熟女の口の匂いに酔いしれて喘ぐと、亜矢子も指の動きを速めながら惜しみなくかぐわしい息を吐きかけてくれた。

彼女のためらいなく願いを叶えてくれるところを、瑠奈も引き継いでいるのだろう。

やがて浩樹は亜矢子の唾液と吐息に、すっかり高まっていった。

「い、いきそう……」

彼は言って身を起こし、バスタブのふちに腰を下ろして股を開いた。すると座っている亜矢子も身を乗り出し、張りつめた亀頭にしゃぶり付きながら、なおも両手で錐《きり》揉みするように幹を擦ってくれた。

何やら、狂おしく神仏に祈りを捧げているような感じである。

浩樹は股間に熱い息を受け、舌のヌメリと指の摩擦でたちまち大きな絶頂に達してしまった。

「いく……、アアッ……！」

オルガスムスの快感に貫かれて口走ると同時に、熱い大量のザーメンが勢いよくほとばしった。

その濃い第一撃を喉の奥に受け止めて飲み込んだ亜矢子は、なおも指の愛撫を続けながら、残りは顔中に浴びた。

「ああ……」

浩樹は快感に悶えながら、ドクンドクンと脈打つように射精した。

白濁の粘液は彼女の鼻筋や瞼をヌルヌルと濡らし、涙のように頬の丸みを伝い、顎から糸を引いて滴った。

社長の顔にザーメンを引っかけた平社員は、恐らく浩樹一人だけであろう。

飛び散る勢いが弱まると、また亜矢子は亀頭を含んで舌を這わせ、最後の一滴まで吸い出してくれた。

「あうう……、も、もういいです……」

チロチロと先端を舐められ、その刺激で過敏に腰をくねらせていた浩樹は、降参するように呻いて言った。すると亜矢子も滲む雫を全て舐め取ってから舌を引っ込め、太い息を吐いた。

そしてもう一度互いに湯を浴びてから身体を拭き、一緒にバスルームを出て寝室に戻ったのだった。

「ああ、お布団を干さないとならないわ……」

亜矢子が、シーツを広範囲に濡らしている潮吹きのあとを見て言い、互いに身繕《みづくろ》いをした。

「それにしても驚いたわ。私を満足させられる男の子がいたなんて」

亜矢子が、しみじみと言って快楽のひとときを思い出したようだ。

「ね、これからも楽しみましょう。お互いに特別な能力を持ったもの同士」

「はい、こちらこそお願いします」

言われて、浩樹も心から望んで答えた。

娘とも懇ろになっているのが後ろめたいが、瑠奈もそう軽々しく母親に言ったりしないだろう。

やがて服を着ると、亜矢子は洗面所へ行って髪と顔を直し、準備を整えて一緒にマンションを出た。そして彼女の車で、新橋の社まで戻った。

「じゃ瑠奈の撮影の方も段取りを付けておくので、付き添ってあげてね」

「承知しました。社長」

浩樹も社に戻ると、呼び方を名前から社長に戻して答えた。

亜矢子はそのまま社長室へ行き、浩樹はオフィスに戻った。

「社長直々《じきじき》に何の話だったんだ」

すぐに根津がやって来て、探るように訊いてきた。よもやセックスしたなど夢にも思っていないだろう。

「ええ、撮影の段取りです」

浩樹は答え、自分の仕事に戻ったのだった。

第四章　コスプレ美少女の匂い

1

「わあ、良く似合うよ。とっても綺麗だ」

浩樹は、白いドレスに身を包みメイクも終えた瑠奈を見て言った。

ここは日本橋にある撮影スタジオの控え室である。

ジャケットのバックは緑の草原だが、それは合成で処理をするので、スタジオでは白いシートの前で彼女がポーズを取って撮影する。

「何だか恥ずかしいです……」

瑠奈が、はにかんでモジモジと答えた。もちろん浩樹が母親と肌を重ねたなど夢にも思わず、今日も浩樹に懐《なつ》いて楽しげだった。

白く長いドレスは可憐な瑠奈をやや大人っぽく見せ、しかし清らかな妖精のような雰囲気も十二分に醸《かも》し出していた。

今スタジオは撮影準備に入っているが、もうしばらく待たされそうだ。

浩樹は、二人きりの控え室でムクムクと勃起しながら、瑠奈に顔を寄せ唇を求めていった。

「ダメです、口紅を塗ったばかりだから……」

「じゃベロを出して」

囁くと、瑠奈も素直に口を開き、白く滑らかな歯並びの間からチロリと舌を伸ばしてくれた。

浩樹も舌を伸ばしてヌラヌラと舐め回し、生温かい清らかな唾液のヌメリと、甘酸っぱい果実臭の吐息に酔いしれた。

そして舌をからめながらドレスの裾《すそ》をめくり上げ、ムッチリした内腿を撫で上げて股間を探ると、割れ目がヌラヌラと蜜を溢れさせはじめた。

下着のラインが出ないようにするため、瑠奈はノーパンなのだ。

「アア……」

社長令嬢はかぐわしい息で熱く喘ぎ、クネクネと身悶えた。しかし、ドレスに愛液のシミが浮き出たら困るので、すぐに浩樹は指を離した。

そしてしゃがみ込んで、裾の中に潜り込み、柔らかな若草に鼻を埋めてほのかな汗とオシッコの匂いを貪った。そして割れ目の真下を舐め、僅かなヌメリを味わうと、すぐに外に出た。

「ダメ、顔が赤くなっちゃうから……」

瑠奈は言って腰を引いたが、

「もう少しだけ……」

浩樹は言って彼女の後ろに回り、また裾をめくり薄暗がりの中で美少女の尻に顔を押し付けた。瑠奈が前屈みになると、彼は両の親指でムッチリと谷間を広げ、可憐な薄桃色の蕾《つぼみ》に鼻を埋め込み、顔中に密着する双丘の感触と、ほんのり籠もる微香を貪った。

そして舌を這わせて襞を濡らし、ヌルッと潜り込ませて粘膜を味わったが、やはり長引くと撮影に差し障《さわ》るだろうから、適当なところで浩樹はドレスの裾から這い出していった。

「して……」

彼は言い、瑠奈を椅子に掛けさせて、その正面でファスナーを下ろし勃起したペニスを露出して突き出した。彼女も素直に顔を寄せ、舌を伸ばしてチロチロと先端や亀頭を舐め回してくれた。

「ああ……、いい気持ち……」

彼は快感に喘ぎ、ヒクヒクと幹を震わせた。見下ろすと白いドレスの美少女が無邪気に舌を這わせてくれ、それが控え室の大きな鏡にも映って夢のような光景だった。

口紅が溶けるので亀頭を含むわけにいかず、瑠奈は舌だけ伸ばして念入りに舐め回し、清らかな唾液にまみれさせてくれた。

と、そのときトントンと軽くドアがノックされたので、浩樹は急いでペニスをしまい、間もなくドアが開かれた。

「では、そろそろお願いします」

「はい」

スタッフに言われ、瑠奈はもう一度鏡で顔や唇を確認してから部屋を出た。

もちろん浩樹も付き添うと、すでに照明やカメラも準備が整っていた。

「じゃ、そこに立って、まずは好きなようにポーズを取って下さい」

髭面《ひげづら》のカメラマンが言い、瑠奈も照明の当てられた場所に進んだ。

みな彼女がKKBの社長令嬢ということを知っているので、言葉も扱いも丁寧であった。

扇風機がつけられると、草原の風に吹かれているように瑠奈の髪がしなやかになびいた。彼女も言われるまま、髪に手を当てたり、俯《うつむ》いたり遠くを見たり、様々なポーズを取った。

浩樹も見ながら、何やらバックに広大な草原が見えてくるような気がした。

その間も続けざまにシャッター音が響いていたが、結局使用するのは一枚だけである。これだけ多く撮れば、浩樹が撮っても良いショットの一枚ぐらいあるだろうとさえ思った。

瑠奈もそれほど硬くならず、次第にリラックスした表情になっていた。

やがて撮影は二十分ほどで終了した。

「はい、OKです。お疲れ様でした。では着替えて下さって結構です。写真が決まったら、また後日連絡しますので」

チーフが言い、瑠奈が着替えに控え室へ戻ったので、さすがに一緒に入るわけにいかず、浩樹はスタジオの片隅でお茶を飲んで待った。

しばらくすると、着替えた瑠奈が出てきたが、うっすらとしたメイクはそのままだった。浩樹はいつものスーツとネクタイだが、瑠奈は今日は出勤ではないので清楚な私服である。

そして彼も、今日は直帰して良いことになっている。昼食後に撮影になったので、まだ午後二時過ぎだった。

「じゃ、送るから家へ帰ってノンビリする？」

「ええ、一緒に来て下さい」

言われて、浩樹も瑠奈のマンションへ行くことにした。実は先日、亜矢子に連れられて訪れたが、もちろん彼もはじめて行くような様子で、タクシーに乗っても瑠奈に案内を任せた。

やがてマンションに着き、浩樹は瑠奈と一緒に部屋に入った。

今回は、前に入らなかった彼女の部屋である。

窓際にベッドがあり、あとは学習机と本棚。少女っぽいぬいぐるみなどはなく、最小限のものしかないのは、以前は父親と住んでいたので、引越しの時に大部分は処分したのかも知れない。

「ドレス姿、とっても綺麗だったよ」

「ええ、有難うございます。着て帰りたかったけど、そうもいかないから」

勃起しながら言うと、瑠奈も熱っぽい眼差しで答えた。二人とも、控え室での僅かな行為で、すっかり下地が出来上がっているのである。

「ね、高校時代の制服って、まだ持ってる？」

浩樹は、ダメ元で言ってみた。今日の大人っぽいドレス姿も良かったが、可憐な瑠奈の色んなコスチュームを見たかったし、まだ十八なので最も高校の制服が似合うと思ったのである。

「持ってます。まだ捨てられなくて、引越しのとき持って来ましたから」

「わあ良かった。じゃ全部脱いで、裸の上からそれを着てみて」

瑠奈が言うと、浩樹は言いながら期待にペニスをピクンと震わせた。

そして彼が手早く脱ぎはじめると、ためらいなく瑠奈もブラウスとスカートを脱ぎ去り、下着姿でロッカーを開け、奥の方から高校時代の制服を取り出した。

それは白い長袖《そで》のセーラー服で、襟《えり》と袖が、白線の入った紺。スカートも紺で、スカーフは白だった。

それを見て浩樹はゾクゾクと胸を高鳴らせ、先に全裸になると、美少女の体臭の沁み付いたベッドに横になって待った。

瑠奈もすぐにブラとショーツを脱ぎ去って全裸になり、スカートを穿いた。卒業してまだ二ヶ月だから体形も変わらず、難なく腰のホックを嵌《は》めると、セーラー服を着てキュッとスカーフを締めた。

そしてサッと髪を掻き上げて直すと、そこに清らかな制服姿の美少女が現れた。

しかも単なるコスプレではなく、スカートのお尻も僅かにすり切れて光沢のある、本人が三年間着ていたものなのだ。

「着られて良かったわ。でも、また着るなんて思ってもいなかった……」

瑠奈が羞じらいながら言い、ベッドに近づいてきた。

「ね、ここに立って顔を跨《また》いで」

浩樹が言うと、彼女もモジモジとベッドに上がり、拒むことなく彼の顔の左右に足を置いてスックと立ってくれた。

(ああ、女子高生の真下からの眺め……)

浩樹は感激と興奮に幹を震わせながら、夢のような眺めに没頭した。

顔の左右から健康的な脚がニョッキリと真上に伸び、スカート内部の薄暗がりの中に、ノーパンのため白い内腿と割れ目が覗き、さらにセーラー服の美少女が羞じらいの眼差しで彼を見下ろしている。

しかも顔の両脇に撮影の緊張で汗ばんだ足があるので、ほのかな熱気とともに湿り気ある匂いも感じられた。

「足を僕の顔に乗せて」

「いいんですか。こう？」

下から言うと、瑠奈は全く躊躇《ちゅうちょ》なく、言われたことを実行に移してくれた。

壁に手を突いて片方の足を浮かせ、そっと足裏を浩樹の顔に乗せてきたのだ。彼は温もりと感触にうっとりしながら、舌を這わせていった。

くすぐったそうに縮こまった指の間に鼻を押しつけて嗅ぐと、やはり汗と脂に湿って蒸れた匂いが濃く沁み付いていた。

「もっと強く踏んで……」

「アア、大丈夫ですか……」

すっかり瑠奈も息を弾ませ、やや力を込めて踏んでくれた。

浩樹は美少女の足の匂いを貪り、やがて爪先にしゃぶり付いていった。

2

「あう……、くすぐったいわ……」

浩樹が指の股にヌルッと舌を割り込ませると、瑠奈がビクリと足を震わせて熱く呻いた。彼は全ての指の間を舐めてから、足を交代してもらい、そちらも味と匂いを貪り尽くした。

「しゃがんで……」

そして再び顔に跨がらせて言うと、瑠奈も和式トイレスタイルでゆっくりしゃがみ込んできた。

内腿と脹ら脛がムッチリと張り詰め、脚がM字になって、すでに濡れている割れ目が鼻先に迫ってきた。浩樹はスカートの腰を抱え、潜り込みながら柔らかな恥毛に鼻を埋めた。

汗とオシッコの匂いが、スタジオの控え室で嗅いだときより濃くなっていた。やはり緊張の撮影もあったし、そのあともトイレに入ったからだろう。

浩樹は茂みに鼻を擦りつけ、隅々に籠もった体臭を貪り、割れ目に舌を這わせていった。

潜り込ませると淡い酸味のヌメリが舌の動きを滑らかにさせ、彼は膣口の襞をクチュクチュと掻き回し、ツンと突き立った小粒のクリトリスまで舐め上げていった。

「ああッ……！」

クリトリスに触れると瑠奈が喘ぎ、思わず座り込みそうになりながら懸命に両足を踏ん張った。やはり誰か来るかも分からない控え室と違い、遠慮なく声を洩らして愛液もたっぷり溢れさせた。

浩樹は、滴《したた》るようなヌメリをすすり、美少女の匂いを鼻腔に刻みつけてから、尻の真下に潜り込んでいった。顔中にひんやりする双丘を受け止めながら、谷間の蕾に鼻を埋め込んで微香を嗅ぎ、舌を這わせはじめた。

濡らしてから潜り込ませ、ヌルッとした粘膜を掻き回すと、

「あう……、ダメ、変になりそう……」

瑠奈がキュッキュッと肛門で舌先を締め付けながら呻き、クネクネと腰をよじらせた。浩樹は充分に舌を蠢《うごめ》かせてから引き抜き、再びヌレヌレの割れ目を舐め回し、クリトリスに吸い付いた。

「いきそう……」

瑠奈が言って懸命に股間を引き離すと、自分から移動していった。やはり覚えたてとはいえ、一つになってから果てたいのだろう。

浩樹も受け身に転じて仰向けのまま身を投げ出すと、彼女は大きく開いた股の間に腹這い、まずは彼の脚を浮かせて尻の谷間を舐めてくれた。

彼はいつもの習慣で、出がけにシャワーを浴びてきている。

瑠奈はチロチロと彼の肛門を舐め、同じようにヌルッと潜り込ませてきた。

「アア、気持ちいい……」

浩樹は快感に喘ぎ、モグモグと美少女の舌を肛門で締め付けた。

あまり長く舐めてもらうのは申し訳ないという気持ちになり、彼が脚を下ろすと、瑠奈も自然に舌を引き抜いて、そのまま陰囊を舐めてくれた。

充分に睾丸を転がしてから、いよいよ肉棒の裏側をゆっくり舐め上げ、粘液が滲みはじめた尿道口をペロペロ舐め回した。

股間を見ると、セーラー服の美少女が可憐な顔で先端をしゃぶっている。

その眺めだけでも果てそうになりながら、浩樹は呼吸を荒くして高まっていった。

瑠奈は張りつめた亀頭を舐めて唾液に濡らすと、丸く開いた口でスッポリと喉の奥まで吞み込んでくれた。

「ああ……」

浩樹は温かく濡れた口腔に根元まで含まれ、大きな快感と興奮に喘いだ。

瑠奈も笑窪の浮かぶ頰を引き締めてチュッと吸い付き、モグモグと幹を締め付けながら熱い鼻息で恥毛をくすぐった。

そして口の中でクチュクチュと舌をからみつけて清らかな唾液にまみれさせ、顔を上下させてスポスポと摩擦しはじめた。

「あうう、いきそう、跨いで入れて……」

すっかり絶頂を迫らせた彼が言うと、瑠奈もチュパッと軽やかな音を立てて口を離し、すぐに身を起こして跨がってきた。幹に指を添えて先端を濡れた割れ目に押し当て、ゆっくりと膣口に受け入れて座り込んだ。

張りつめた亀頭が潜り込むと、あとは重みと潤いに助けられ、彼女はヌルヌルッと一気に納めて股間を密着させてきた。

「アアッ……！」

瑠奈が顔を仰け反らせて喘ぎ、キュッときつく締め付けてきた。

見れば、セーラー服の美少女が股間に跨がり、可憐な顔で息を弾ませているのだ。

これも実に贅沢な快感である。スカートが股間を覆って結合部分は見えないが、彼女だけ着衣というのも味わいのあるものだった。

挿入時も初回ほどの痛みはなく、彼女は味わうように内部を収縮させ、やがて身を重ねてきた。

浩樹は顔を上げ、セーラー服をたくし上げて潜り込み、可愛いオッパイに顔を寄せた。薄桃色の乳首にチュッと吸い付くと、連動するように膣内がキュッときつく締まった。

制服の内部には甘ったるい汗の匂いが籠もり、浩樹は美少女の体臭を嗅ぎながら乳首を舌で転がし、もう片方にも吸い付いて充分に舐め回した。

さらに乱れた内部に潜り込んで、ジットリ汗ばんだ腋《わき》の下にも鼻を埋めて嗅ぎ、舌を這わせた。

「ああ……、いい気持ち……」

瑠奈が喘ぎ、自分から腰を動かしはじめた。浩樹も両手を回しながらズンズンと合わせて股間を突き上げ、さらに唇を求めていった。

彼女の顔にはうっすらと大人っぽいメイクが残り、それも清楚なセーラー服とのアンバランスで妖しい魅力が醸し出されていた。

もう洗い落とすだけだから遠慮なく唇を重ね、彼は柔らかな感触を味わいながら舌を挿し入れていった。

滑らかな歯並びを舐めると瑠奈も口を開き、可愛らしく甘酸っぱい息を弾ませながらネットリと舌をからめてきた。

浩樹は滑らかに蠢く舌を舐め回し、生温かな唾液をすすりながら突き上げを速めていった。

「もっと唾を垂らして……」

唇を触れ合わせたまま囁くと、瑠奈も腰を遣いながら懸命に分泌させ、トロトロと吐き出してくれた。浩樹は小泡混じりの清らかな粘液を味わい、飲み込んでうっとりと喉を潤した。

「顔中にも思いっきりペッて吐きかけて」

内部で幹を震わせながら言うと、瑠奈は物怖じせず愛らしい唇をすぼめて息を吸い込み、ペッと強く吐きかけてくれた。

果実臭の息とともに生温かな唾液の固まりが鼻筋を濡らし、頬の丸みをトロリと伝い流れた。

その間も股間をぶつけ合うような動きが続き、大量の愛液が律動を滑らかにさせてクチュクチュと湿った摩擦音を繰り返した。

「ああ、いきそう……、息の匂いも嗅がせて……」

せがむと瑠奈も口を開いて顔を寄せ、彼の鼻を覆って息を吐き出してくれた。

美少女の甘酸っぱい濃厚な匂いで鼻腔を刺激されながら、とうとう浩樹は絶頂に達してしまった。

「く……！」

彼は大きな快感に貫かれながら呻き、熱い大量のザーメンをドクンドクンと勢いよくほとばしらせ、柔肉の奥を直撃した。

「アアッ……！　気持ちいいッ……！」

噴出を受けると、瑠奈もスイッチが入ったように声を上ずらせ、ガクガクとオルガスムスの痙攣を開始した。

膣内の収縮も最高潮になり、浩樹は果実臭の吐息と肉襞の摩擦の中で心ゆくまで快感を味わい、最後の一滴まで出し尽くしていった。

「ああ……」

彼は満足して声を洩らし、グッタリと身を投げ出しながら余韻を味わうと、気を込めて膣内に放ったザーメンを吸入していった。

「あん、吸われているわ……」

瑠奈が駄目押しの快感に声を洩らし、グリグリと股間を擦りつけた。

浩樹は全て吸入し、再び勃起と淫気を取り戻した。まだ膣内はキュッキュッと心地よい蠢動《しゅんどう》を繰り返し、やがては亜矢子のような名器に育ちそうな兆《きざ》しを見せはじめていた。

「アア……、また大きくなったら感じすぎるわ。もうダメ……」

瑠奈が言い、懸命に股間を引き離してゴロリと横になると、ハアハアと荒い呼吸を繰り返した。

「また勃起したら、満足していないの？」

「ううん、満足は充分に味わってるよ。続けて出来るだけ」

瑠奈が息遣いを整えながら訊き、浩樹も答えた。

「そう、私は、もう一度したらグッタリして、ママが帰ってきたら知られてしまうわ」

「うん、無理なら我慢するから大丈夫だよ」

浩樹は言いながら、また口に出して飲んでもらいたいと思った。しかし、瑠奈が意外なことを言ってきたのだ。

「私のテニス部の先輩が、処女を捨てたがっているの。白木さん、今度お願いできますか」

「ええっ……？」

言われて、彼は驚きに声を洩らしていた。

3

「初めまして。麻生理沙《あそうりさ》です」

理沙が挨拶し、浩樹も自己紹介したが、すでに彼のことは顔の写メも含めて瑠奈から聞いているようだ。

土曜の午後、理沙と瑠奈は一緒に通っているテニススクールの帰りに浩樹と落ち合い、そのまま三人で理沙のマンションに行ったのだった。

理沙の家も金持ちらしく、ワンルームながら広い部屋だった。

十九歳の理沙は、瑠奈の一級上で高校のテニス部の先輩。今は大学二年生だが、まだセックス体験はしていないようだった。

可憐な瑠奈より長身で、ショートカットでボーイッシュ、それなりに胸も尻も丸みを帯びているが、一見して少年のような雰囲気だった。

彼女は瑠奈からの写メと浩樹のデータを見て、すぐにも初体験の相手としてOKしてきたのである。

浩樹は、瑠奈が彼を簡単に先輩に譲るということは、瑠奈の彼に対する気持ちは恋人ではないのだなと少し残念だったが、それ以上に理沙の中性っぽい魅力に股間が疼きはじめていた。

そして浩樹は、二人の話から、瑠奈の気持ちも単に軽く彼を譲るものではないと知って納得したのだった。

「私たち、実は高校時代はレズごっこしていたんです」

「え……？」

「それで、どちらかが良い人と初体験したら、同じ相手で経験しようって約束していて、それを瑠奈が守ってくれたんです」

理沙の言葉に、浩樹は新たな興奮を覚えたのだった。

それで彼も、とびきりの美少女たちが今まで処女だったことも納得したのである。

しかも瑠奈も一緒だから、成り行きで三人プレイにも発展しそうだという期待も大きかった。

何しろ浩樹なら、何人を相手に何度しようと大丈夫なのである。

「うん、分かりました。僕で良ければ喜んで」

「じゃ、シャワー浴びてきますね」

浩樹が言うと、すぐに理沙も答えた。

「待って、僕からもお願いが」

「何です？」

「二人は今日テニスをしてきた帰りでしょう。そのバッグにテニスウエアがあるなら着てほしいんだけど」

浩樹は言った。先日の瑠奈のドレスやセーラー服の体験から、すっかりコスチュームに凝りたくなっているのだ。

「まあ、汗で湿ってます」

「うん、それがいいんだ。だからシャワーも浴びなくていいからね。僕は出がけに念入りに洗ってきたから大丈夫」

彼は言い、理沙は思わず瑠奈と顔を見合わせた。

「やっぱり瑠奈が言っていた通り、こういう人なのね」

「ええ、何しろ女の子のナマの匂いが好きだから、その方が燃えるみたいなの」

理沙が言うと、体験者である瑠奈は先輩ぶって答えた。

「じゃ、恥ずかしいけれど、脱ぎましょう……」

理沙が言い、美少女二人が脱ぎはじめていった。ボーイッシュな割りに、さすがに処女だから心細げで、瑠奈の立ち会いに安心しているようだった。

浩樹も脱ぎ去り、やがて三人が全裸になると、理沙と瑠奈は汗に濡れたテニスウエアをバッグから出してきて、ミニスカートも穿いた。もちろんアンダースコートなどは着けず、ノーパンのままである。

「ああ、湿ってて気持ちが悪いわ……」

理沙は言うが、二人とも素直に半袖のシャツとスカートを着た。

「わあ、可愛い」

浩樹は勃起しながら歓声を上げたが、理沙はまだペニスに視線を這わせなかった。

「じゃ、仰向けになってね」

浩樹が言うと理沙がベッドの真ん中に仰向けになり、その横に瑠奈が添い寝した。

彼はまず、理沙の足裏に顔を押し付けていった。

「あう……、そんなところから？　瑠奈もされたのね……」

理沙が驚いたように言って脚を震わせたが、瑠奈がいて心強いのか拒みはせず身を任せていた。

浩樹は汗の味のする足裏を舐め、指の股に鼻を割り込ませると、スポーツをした直後だからそこはジットリ湿り、ムレムレの匂いが濃く籠もっていた。

彼はじっくり味わうというより、二人いるから贅沢にざっと味見して、隣の瑠奈の足指も嗅いだ。

「あ、私より、理沙さんを重点的にしてあげて」

すると瑠奈が言い、浩樹も馴染んだ匂いを貪ってから、すぐまた理沙の足に戻って爪先にしゃぶり付いた。そして順々に指の股にヌルッと舌を挿し入れると、

「ああッ……、ダメです、汚いのに……」

理沙がビクリと反応して喘いだ。

浩樹は両足とも、全ての指の間を舐めてから、脚の内側を舐め上げていった。

さすがにテニスで鍛えられ、脹ら脛も太腿もムチムチと張りがあって実に健康的だった。

大股開きにさせると裾がめくれて股間が丸見えになり、理沙が羞じらいながら、添い寝して見守っている瑠奈の手を握った。

ぷっくりと丸みを帯びた股間の丘には、案外濃い恥毛が密集し、割れ目からはみ出す花びらはしっとりと蜜に潤っていた。

やはり処女とはいえ、オナニーやレズごっこでそれなりの快感は知っており、期待も大きいのだろう。

指で陰唇を広げると、無垢《むく》な膣口が花弁状の襞をキュッと引き締めて息づき、尿道

口も見え、包皮の下からは瑠奈よりずっと大きなクリトリスが光沢を放ってツンと突き立っていた。

浩樹は悩ましい匂いに誘われるようにギュッと理沙の中心部に顔を埋め込み、汗に湿った茂みに鼻を擦りつけて嗅いだ。

甘ったるい汗の匂いが大部分だが、やはりオシッコの匂いも混じり、瑠奈のときに感じたチーズのような恥垢臭もほんのりと鼻腔をくすぐってきた。

彼は何度も深呼吸して十九歳の匂いを貪り、舌を這わせていった。処女の膣口をクチュクチュ舐め回すと、淡い酸味のヌメリが感じられ、そのままクリトリスまで舐め上げた。

「アアッ……、気持ちいい……！」

理沙がビクッと身を反らせて喘ぎ、内腿でキュッと彼の両頬を挟み付けてきた。

レズごっこで刺激されたこともあるかも知れないが、やはり異性に舐められるのは特別だろう。

浩樹はチロチロと舌先でクリトリスを弾くように舐め、さらに両脚を浮かせて尻の谷間にも鼻を押しつけて言った。ひっそり閉じられた薄桃色の蕾には、汗に混じって秘めやかな微香が籠もり、彼は充分に嗅いでから舐め回し、ヌルッと舌先を潜り込ませていった。

「あう……」

理沙が呻き、肛門で舌先を締め付けてきた。

浩樹は舌を出し入れさせるように粘膜を味わい、やがて再び割れ目に戻って溢れる蜜をすすり、クリトリスを舐め回した。

「ああ……、いい……」

理沙もすっかり朦朧《もうろう》となり、羞恥や緊張より快感を覚えはじめたように喘いだ。

味と匂いを充分に噛み締めてから、浩樹はやはり隣の瑠奈の股間にも顔を埋めた。

せっかく美少女がもう一人いるのだから、ここは両方味わっておきたい。

瑠奈も素直に股を開き、彼は恥毛に籠もる汗とオシッコの匂いを貪り、割れ目内部を舐め回してクリトリスを吸った。

「ああン……」

瑠奈もすぐに喘ぎはじめ、トロトロと大量の蜜を漏らしてきた。

もちろん脚を浮かせて尻の谷間に鼻を埋め、蕾に籠もった匂いを貪ってから舌を這わせ、ヌルッと潜り込ませて味わった。

そして再び理沙の肌に戻った。

やはり、すでに知っている瑠奈が急ぎ足になるのはやむを得ない。

割れ目を舐めると、これまで体験した他の女性に負けないほど理沙は愛液を漏らし、張り詰めた白い下腹をヒクヒク波打たせた。

どうせ何度も出来るのだから、そろそろ頃合いと見て浩樹は身を起こし、股間を進めていった。

理沙も、いよいよ初体験だと緊張と覚悟に息を詰めた。股を開かせて迫り、彼は指を添えて先端を割れ目に擦りつけ、ヌメリを与えてからゆっくりと膣口に押し込んでいった。

「アアッ……！」

亀頭が潜り込むと理沙は眉をひそめて喘ぎ、浩樹は潤いに任せてヌルヌルッと根元まで挿入した。さすがにきつく、中は燃えるように熱かった。

理沙は深々と貫かれ、肌を硬直させて息を詰めた。

「我慢して。すぐ気持ち良くなるから」

添い寝して見守っていた瑠奈が囁き、浩樹もまだ動かず、彼にとって二人目の処女の温もりと感触を味わいながら身を重ねていった。

4

「ああ、いい気持ち……」

浩樹はうっとりと快感を嚙み締めて喘ぎ、理沙のテニスウエアをたくし上げ、張りのある膨らみに顔を寄せて乳首に吸い付いていった。

しかし理沙は、破瓜《はか》の痛みに貫かれている股間に全神経がいっているように、乳首には反応しなかった。

彼はコリコリと硬くなっている乳首を舌で転がし、ウエアの内部に籠もった生ぬるく甘ったるい汗の匂いに高まった。

左右の乳首を交互に含んで舐め回し、腋の下にも鼻を埋め込んで思春期の濃厚な体臭に噎《む》せ返った。

そして様子を探るように、そろそろと腰を突き動かし、肉襞の摩擦ときつい締め付けを味わいながら、次第にリズミカルにピストン運動していった。

「アア……」

「もう少しよ」

理沙が顔をしかめて喘ぐと、瑠奈が耳元で囁いて手を握った。実に、至れり尽くせりの初体験ではあった。

浩樹は理沙の首筋を舐め上げ、喘ぐ唇に鼻を押しつけて嗅いだ。渇いた唾液の香りに混じり、口から洩れる息は甘酸っぱい果実臭に、ほんのりシナモンに似た刺激が含まれていた。

似たような匂いでも微妙に異なり、それぞれに興奮の味わいがあった。

美少女の口の匂いを充分に嗅いでから唇を重ね、舌を挿し入れて歯並びを舐め、さらに奥へ侵入して滑らかな舌を味わった。

「ンン……」

理沙も、男とのファーストキスに熱く鼻を鳴らし、チロチロと舌をからめてきた。

浩樹も、いったん動いてしまうと快感に腰が止まらなくなり、やがて勢いよく律動しはじめた。そして美少女の唾液と吐息に酔いしれながら、まずは一回目の絶頂を迎えてしまった。

「く……！」

大きな絶頂の快感に呻き、ありったけの熱いザーメンをドクドクと内部にほとばしらせ、そのときばかりは股間をぶつけるように激しく動いた。

するとと、ザーメンとともに多くの女性たちのオルガスムスの気を含んだ愛液も噴出したのだろう、すぐにも効果が現れた。

「き、気持ちいい……、何これ……、ああーッ……！」

理沙が驚いたように声を上ずらせ、彼を乗せたままブリッジするように反り返り、ガクガクと狂おしく腰を跳ね上げはじめたのだ。

膣内の収縮も活発になり、さらに粗相したように多くの愛液が溢れてクチュクチュと鳴った。

添い寝して手を握って見守っていた瑠奈も、安心したように緊張を解いた。

浩樹は快感を嚙み締め、心置きなく最後の一滴まで中に出し尽くし、満足しながら力を抜いていった。

理沙は初めての膣感覚によるオルガスムスに戦《おのの》き、いつまでも息を震わせ、膣内を収縮させていた。

浩樹はヒクヒクと内部で過敏に反応し、美少女のかぐわしい息を嗅ぎながら余韻を味わい、やがて中に放ったザーメンを吸入していった。

「アア……」

何となく、吸われる感覚が分かるのか理沙が小さく声を洩らした。

再びペニスは硬くなり、淫気を満々にしながら彼はヌルリと引き抜いた。

「気持ち良かった？」

「ええ……、こんなにすごいものだなんて……」

瑠奈に訊かれ、理沙はいつまでも熱い呼吸を繰り返しながら小さく答えた。

身を起こした浩樹は、隣にいる瑠奈のテニスウエアもたくし上げて可愛い乳首を吸い、腋の下にも顔を埋めて濃厚に甘ったるい汗の匂いを貪った。

「あん、私はまだいいです。そろそろシャワーを……」

瑠奈が言い、浩樹もいったん休憩しようと思ってベッドを下りた。そして瑠奈と一緒にグッタリした理沙を支えて起こし、三人でバスルームに行った。

ようやく二人も乱れたテニスウエアとスカートを脱ぎ、全裸になった。

シャワーの湯で全身と股間を洗い流し、美少女二人もほっとしたようだ。

「ね、二人こうして」

もちろん浩樹は床に座り込み、立たせた二人に左右の肩を跨がせ、顔に股間を突き出させて言った。

「オシッコ出して」

「ええっ？　瑠奈も、そんなことしたことあるの……？」

彼が言うと、理沙が驚いて瑠奈に訊いた。

「ええ、あるわ。私すぐ出そう」

瑠奈が言うと、理沙も後れを取るまいと慌てて下腹に力を入れ、尿意を高めはじめたようだ。あとになったらいつまでも出ないだろうし、一緒なら羞恥も半減すると思ったのだろう。

浩樹は二人の腿を抱え、左右の割れ目に交互に顔を埋めて舐めた。湯に濡れた恥毛からは濃かった体臭も消えてしまったが、新たな愛液は二人とも泉のようにトロトロと溢れてきた。

すると、やはり経験済みの瑠奈の柔肉の方が、先に迫り出して蠢き、味わいと温もりを変化させていった。

「あん、出ちゃう……」

瑠奈が言うなり、チョロチョロと温かな流れがほとばしり、すぐに浩樹も舌に受け止めて味わった。やはり味も匂いも淡く飲みやすく、それでも勢いが増すと口から溢れて心地よく肌を伝い流れた。

その間も理沙は懸命に息を詰めていたが、辛うじて瑠奈が出し切る前にポタポタと雫《しずく》を垂らし、やがて緩やかな流れを注ぐことが出来た。

浩樹はし終わった瑠奈の割れ目から、理沙の股間に顔を向け、熱い流れを口に受けて喉を潤した。

味はほとんど変わらず、匂いも上品で控えめなものだった。

「アア……、信じられないわ、こんなことするなんて……」

理沙は声を震わせて言い、立っていられないほどガクガクと膝を震わせながら最後まで出し切っていった。

浩樹は二人分の味と匂いを堪能し、待ちきれないほどピンピンに勃起していた。

そして雫を宿す二人の割れ目を交互に舐めたが、やはり溢れる愛液でオシッコの味わいはすぐにも洗い流されてしまった。

彼は気が済んで舌を引っ込め、もう一度三人で全身を洗い流した。

そして身体を拭き、全裸のままベッドへと戻っていった。

今度は浩樹が仰向けになって身を投げ出すと、瑠奈と理沙は申し合わせたように左右から添い寝し、同時に彼の両の乳首に吸い付いてきた。

「ああ、嚙んで……」

熱い息に肌をくすぐられ、左右の乳首を同時に舐められながら浩樹はせがんだ。

すると瑠奈がキュッと歯を立て、それを見た理沙も恐る恐る乳首を嚙んでくれた。

「アア、気持ちいい。もっと強く……」

浩樹は甘美なダブルの刺激に身悶え、うっとりと喘いだ。

やがて二人は充分に舌と歯で両の乳首を愛撫すると、さらに肌を舐め下り、ときに綺麗な歯を食い込ませながら移動していった。

浩樹は、まるで美少女たちに食べられているような興奮に包まれ、屹立したペニスをヒクヒクと歓喜に震わせた。

二人は脇腹から下腹へ下降し、まだ股間には向かわず、脚を舐め下りていった。

そして自分たちがされたように、同時に彼の足裏を舐め回し、爪先にもしゃぶり付いて順々に指の股に舌を割り込ませてくれたのだ。

「ああ……」

浩樹は申し訳ないような快感に喘ぎ、それぞれの舌を唾液に濡れた足指で挟み付けた。二人は舐め尽くしてから彼を大股開きにさせ、脚の内側を舐め上げ、内腿を嚙みながら股間に迫ってきた。

するとまず瑠奈が彼の脚を浮かせ、肛門を舐め回してくれた。

ヌルッと潜り込む舌先をキュッと締め付けると、瑠奈が離れてすかさず理沙が舐め回し、同じように潜り込ませてきた。

続けざまだと、それぞれの舌の感触や蠢きが微妙に異なり、どちらも彼は快感に喘いでペニスを上下させた。

脚が下ろされると、美少女二人は頬を寄せ合い、同時に陰嚢を舐め回し、それぞれの睾丸を舌で転がし、優しく吸ってくれた。

熱い息が混じり合い、レズごっこをしていただけあり、互いに同性の舌が触れ合っても気にならないようだ。

袋がミックス唾液に生温かくまみれると、いよいよ二人はペニスに迫った。

「変な形。こんな大きなのが入ったのね……。最初は痛かったけど、最後は宙に舞うように気持ち良かったわ……」

「そう、これは不思議な魔法の杖《つえ》みたいなの」

二人が彼の股間でヒソヒソと話し合い、やがて舌を這わせてきた。

まるで二人で一本のアイスキャンディでも舐めているようだ。瑠奈はペニスの裏側を、理沙は側面を舐め上げ、やがて先端で互いの舌も触れ合わせながら尿道口を舐め回してきた。

そして交互に亀頭をしゃぶっては、喉の奥まで呑み込み、チューッと吸い付きながらスポンと離し、すかさずもう一人が同じようにしてきたのだった。

5

「ああ……、気持ちいい……」

浩樹は、ダブルフェラの快感に高まって喘いだ。

すると限界が来る前に、瑠奈が舌を引っ込めて身を起こした。

「入れていい？」

言いながら跨がると、二人分の唾液にまみれた亀頭を割れ目に押し当て、瑠奈は息を詰めてゆっくり腰を沈み込ませてきた。

理沙も、興味深げに彼女の股間を覗き込んで挿入の様子を見守った。

たちまちペニスはヌルヌルッと瑠奈の内部に潜り込み、肉襞の摩擦を受けながら根元まで嵌まっていった。

「ああッ……！」

瑠奈は顔を仰け反らせて喘ぎ、キュッときつく締め付けて股間を密着させた。

まだ挿入時の痛みは多少あるようだが、何しろオルガスムスへの期待に愛液は充分すぎるほど溢れていた。

そして母親譲りの締め付けと蠢動で幹を刺激し、すぐにも瑠奈は彼の胸に両手を突き、腰を動かしてきた。

「ああ、すぐいきそうだよ……」

浩樹も、股間を突き上げながら高まって言った。何しろ長く保つ必要もない。彼の射精と同時に、これまで体験した女性たちのオルガスムスの気を含んだ愛液も放出され、瑠奈も絶頂に達するのだ。

彼は心地よい摩擦快感を我慢せず、一気にフィニッシュまで突き進み、たちまち昇り詰めてしまった。

「い、いく……」

浩樹が絶頂に達して口走り、熱いザーメンを勢いよく噴出すると同時に、

「き、気持ちいい……、アアーッ……！」

瑠奈もオルガスムスに達して喘ぎ、ガクガクと痙攣しながら収縮を繰り返した。

浩樹は心ゆくまで快感を味わい、最後の一滴まで出し尽くして突き上げを弱めた。

「ああ……」

瑠奈も、すっかり満足しながら声を洩らし、グッタリと突っ伏してキュッキュッと膣内を締め付けた。

浩樹はヒクヒクと過敏に反応し、余韻を味わいながら放ったザーメンを吸入し、淫気と勃起を回復していった。

「あう、また大きく……」

瑠奈が呻き、それ以上の刺激を拒むようにそろそろと股間を引き離して横になっていった。

「私も、もう一回……」

理沙が言って身を起こし、瑠奈の愛液にまみれたペニスに跨がってきた。

そして再び、屹立したペニスはヌルヌルッと膣の奥にまで呑み込まれていった。

「アア……！」

理沙も、まだ残る痛みに喘ぎ、上体を起こしていられないように身を重ねてきた。

浩樹は、微妙に温もりと感触の異なる膣内で快感を味わった。

そしてズンズンと股間を突き上げながら理沙を抱きすくめ、さらに横で荒い呼吸を繰り返している瑠奈の顔も引き寄せ、三人で顔を突き合わせて舌をからめた。

これも実に贅沢な快感である。

それぞれ滑らかに蠢く舌を舐め回し、混じり合って滴る唾液で喉を潤し、二人分の甘酸っぱい息の匂いで鼻腔を刺激されるのだ。

「もっといっぱい唾を出して……」

囁くと、理沙は懸命に分泌させてトロトロと吐き出し、朦朧としている瑠奈も小泡の多い清らかな唾液を注ぎ込んでくれた。

浩樹は口の中で混じり合う大量の唾液を味わい、うっとりと飲み込むと甘美な悦《よろこ》びが胸に広がっていった。

「顔中も舐めて……」

言うと二人は舌を伸ばし、彼の両の鼻の穴や頬、耳の穴まで舐め回し、というより滴らせた唾液を舌で顔中に塗り付けてくれた。

まるで美少女たちの唾液でパックされるように、彼は顔中ヌルヌルにまみれながら快感を高め、突き上げを強めていった。

「い、いきそう……」

浩樹は再び高まって口走り、それぞれの口に鼻を押し込み、微妙に違う果実臭でうっとりと胸を満たした。

理沙も痛みはあるだろうが、さっきの快感を早く得たいように腰を遣い、ヌラヌラと大量の愛液を漏らして動きを滑らかにさせた。クチュックチュッと淫らに湿った摩擦音が響き、彼の陰嚢から肛門の方まで愛液が伝い流れた。

「いく……、アアッ……！」

たちまち浩樹は昇り詰めて喘ぎ、熱い大量のザーメンをドクドクと勢いよく柔肉の奥にほとばしらせた。

「ああ、気持ちいいッ……！」

噴出を受け止めた途端、理沙もオルガスムスに達して声を上ずらせ、ガクンガクンと狂おしいオルガスムスの痙攣を繰り返した。

浩樹は快感を噛み締め、収縮する膣内で心置きなく最後の一滴まで出し尽くし、徐々に突き上げを弱めていった。

理沙はもう声もなくグッタリと突っ伏して体重を預け、キュッキュッと締め付けながらザーメンを絞り尽くした。浩樹もヒクヒクと内部で幹を震わせ、二人分の甘酸っぱい息を嗅ぎながら、うっとりと快感の余韻を噛み締めた。

そして呼吸を整えながら、膣内のザーメンを吸入していくと、たちまち脱力感が消え去り、勃起の回復とともに性欲も満々に甦っていった。

すると理沙も余韻の中、本能的に彼の回復を恐れるようにそっと股間を引き離し、瑠奈と反対側に添い寝していった。

「ね、最後はお口に出したい……」

浩樹は、あり余る性欲を抱えてせがむと、

「いいわ、二人でしてあげる」

余韻から覚めた瑠奈が答えた。

「いきそうになるまで、キスしながら指でして」

浩樹は図々しく求め、再び二人の顔を引き寄せた。すると左右から美少女たちが舌をからめてくれ、瑠奈は幹を手のひらに包み込んでニギニギと愛撫し、理沙は指先で陰嚢をくすぐってくれた。

「いっぱい息を嗅がせて」

「恥ずかしいな……」

せがむと瑠奈が答え、それでも浩樹の鼻を口で覆って甘酸っぱい息を吐きかけてくれ、彼女が離れると理沙も同じようにして好きなだけ吐息を嗅がせてくれた。

「ああ、いい匂い……」

彼は二人分のかぐわしい口の匂いに酔いしれて喘ぎ、指の愛撫にジワジワと絶頂を迫らせていった。

「嚙んで……」

言うと二人は浩樹の頰や鼻の頭、唇をそっと嚙んでくれ、浩樹は甘美な刺激に幹をヒクヒクと震わせた。

「ね、顔中にペッて唾を吐きかけて」

「分かったわ」

アブノーマルな要求をしても、瑠奈は物怖じせずに答え、理沙も一緒になって口に唾液を溜め、息を吸い込んで思い切り吐きかけてくれた。

「アア……、いきそう……」

吐息と唾液の匂いに包まれ、顔中唾液のヌメリにまみれながら彼は喘いだ。そして充分に舌もからめて唾液を飲ませてもらい、いよいよ高まってきた。

「じゃ、お口でして……」

言うと二人は顔を移動させ、浩樹の股間に熱い息を混じらせながら、亀頭に舌を這わせ、交互に含んで吸ってくれた。

浩樹は二人の尻をこちらに向けさせ、それぞれの濡れた割れ目を探り、ちょうど含んでいた理沙の口に向けてズンズンと股間を突き上げた。

その摩擦に昇り詰め、彼はありったけの熱いザーメンをドクンドクンと勢いよくほとばしらせ、理沙の喉の奥を直撃した。

「ク……」

驚いた理沙が噎せそうになって呻き、反射的に口を離すと、すかさず瑠奈が亀頭を含んで余りを吸い出してくれた。

「ああ……、いい……」

浩樹は、魂《たましい》まで吸い出されるような快感に喘ぎ、最後の一滴まで出し尽くしていった。もうザーメンを吸入しなくて良いという、達成感と満足感が加わり、やがてグッタリと身を投げ出した。

理沙も、口に飛び込んだ濃い第一撃は飲み込んでくれたようだ。

そして吸い尽くすと、瑠奈も吸引を止めて亀頭を含んだまま、口に溜まったザーメンをコクンと飲み込んでくれた。

「あうう……」

浩樹は、キュッと締まる口腔の刺激に呻いた。

ようやく瑠奈も口を離し、また二人で幹をしごきながら、尿道口に脹らむ余りの雫まで丁寧に舐め取ってくれたのだった。

「く……、も、もういいよ、どうも有難う……」

浩樹は降参するように腰をよじって言い、二人の顔を抱き寄せ、また混じり合った吐息を嗅ぎながら、うっとりと快感の余韻に浸り込んでいったのだった。

第五章　平凡な人妻の熱き願望

1

「あの、どうか触らないで下さい……」

「なにい、少し肩を揉んでやっただけじゃないか。痴漢呼ばわりする気か」

パート主婦の法子《のりこ》が迷惑そうに言うと、課長の根津が薄い頭を真っ赤にして甲高い声を上げた。

ここのところ、根津は全くツイていなかった。

連絡ミスでお得意様の不興を買い、コキ使っていた最年少の瑠奈が社長令嬢だと知って急にちやほやすることになり、代わりにパートの法子に雑用を押し付けては、こうして勝手に肩揉みをして不快がられているのだ。

「なに騒いでいるの。早く一緒に謝罪に行くわよ」

美百合に言われ、根津は急ににやけた笑みを浮かべ彼女と一緒にオフィスを出ていった。美百合と二人きりで出かけられるのが嬉しいらしく、全く反省の色もないようだった。

それを見送り、法子が小さく嘆息した。

北条《ほうじょう》法子は三十歳。結婚二年目で子は無く、コピー取りやお茶くみの雑用だが働き者で、顔立ちはごく普通だが、アップにした髪と豊かな胸の膨らみが、いかにも人妻らしい色気を醸し出していた。

やがて浩樹がその日の仕事を終えて退社すると、ちょうど帰る法子と行き合った。

「あ、白木さん。確か独身でしたわね。よろしかったら夕食ご馳走させてもらえませんか」

大人しげな法子が声を掛けてきたので、浩樹は驚いた。

「ええ、是非ご一緒に。でも大変でしょうから僕が奢《おご》ります」

「いいえ、どうか任せて下さい」

彼が答えると、法子はそう言って、一緒に電車に乗って案内してくれるようだった。

「実は、お話を聞いてもらいたくて」

「ええ、構いませんけれど、僕なんか頼りないのに」

「そんなことないです。女性に優しいし、他の人とは全く違う雰囲気があるので」

法子が言う。浩樹は、彼女が根津のセクハラに困っていて、その相談だろうと思った。そして浩樹も、何人もの女性の快楽を吸収しているので、女性を安心させるオーラのようなものを備えはじめているのだろう。

あるいは、この人に身を任せれば、必ず気持ち良くなれるというような、女性の無意識に働きかける雰囲気があるのかも知れない。

大井町で降り、商店街を抜けて住宅街に入ると、法子の家があった。

どうやら店ではなく、自宅で夕食をご馳走してくれるようだ。

家はごく中流の二階屋で、駐車場には車があったが、法子は自分で鍵を出して玄関を開け、彼を招き入れてくれた。

「大丈夫？　ご主人の留守に勝手に上がったりして」

リビングに案内されながら、浩樹は言った。

「ええ、構いません。主人は泊まりで出てますので」

「でも、急に帰ってくるとか」

「心配性なんですね。三日後まで絶対に帰りません。修学旅行の引率ですから」

法子が笑って言う。亭主は高校教師であった。

浩樹も安心して座り、彼女も甲斐甲斐しく料理を作ってくれた。そしてビールと揚げ物、サラダにシチューが出され、やがて二人で差し向かいにテーブルに着き、乾杯して食事しながら話をした。

「やっぱり、根津課長のセクハラ問題ですか」

「いいえ、あんなのは気にしていないから大丈夫です。それより男性の心理を聞いてみたくて。主人は、白木さんと同い年で、私より一つ下なんです」

法子が言った。やはり立ち入った話なので、店ではなく自宅の方が安心できるのだろう。

「心理というと」

「主人は、私の高校時代の後輩で、大学時代もずっと言い寄られて付き合うようになって、長く同棲したのち二年前に結婚しました。だから私は主人しか知りません。でも主人は、婚約時代は何かと求めてきたけれど、この一年ばかりは全く触れてこようとしません。愛情は感じられるけど、性欲を感じないようなのです」

どうやら欲求不満で、それで無意識に浩樹の快楽オーラを察知し、大人しくて真面目そうなので選んだようだった。

「それは、別に釣った魚にという意味ではなく、一緒に暮らしたら性欲よりも肉親の感覚の方が強くなるでしょうから、間が空くのも無理はないでしょうね」

「やっぱり、男性は一人の女じゃ満足できないのでしょうか」

「人によるでしょうね。でも一般的には、より多くの女性に性欲を抱くものです」

浩樹は、股間を熱くさせながら答え、興奮と緊張に食事が喉を通らなくなった。

それでも何とか全ての皿を空《から》にすると、法子が茶を淹《い》れてくれた。

「子供でもいれば、そちらで気が紛れるのでしょうけれど」

「ええ、でも旅行から帰れば、また久々に求めてくるんじゃないですか」

「だと良いのだけれど、あ、ごめんなさい。独身の方にこんな話題ばかりで」

法子は言って、手早く片付けをした。

「お風呂入っていって下さい。お一人なら、帰ったら寝るばかりの方が楽でしょう」

「有難うございます」

浩樹は言い、遠慮せず使わせてもらうことにした。もう言葉など発しなくても、法子が求めていることは確実である。

脱衣所で服を脱いで全裸になると、法子のものらしい赤い歯ブラシがあったので借りることにしてバスルームに入った。シャワーの湯で身体を洗い流し、湯に浸かりながら歯を磨き、出るとボディソープで全身と、特に股間を念入りに洗いながら放尿も済ませた。

そして綺麗さっぱりして脱衣所に出て身体を拭き、もちろん服は着ず手に持ち、腰にバスタオルを巻いて部屋に戻った。

「まあ……、そんな格好で……」

リビングにいた法子が驚いて言い、それでも火が点いたように頬を上気させた。

「こんなになっちゃいました」

ソファに服を置いた浩樹が言ってバスタオルを外すと、ピンピンに勃起したペニスが急角度にそそり立った。そして彼は、そのまま法子を抱きすくめて寝室らしき方へと押しやった。

「待って……、私も急いでお風呂に入ってくるから……」

「ダメです。待てないんです。それに法子さんのナマの匂いも知りたいので」

彼は言ってとうとう寝室へと入ると、セミダブルとシングルベッドが並んでいた。

もちろん法子がシングルの方だろうから、そちらへと押し倒した。

「ああッ……、ダメよ、そんなに興奮しないで、ウ……」

唇を奪うと法子は息を詰め、反射的に目を閉じて両手でしがみついてきた。

柔らかな唇がピッタリと重なり、唾液の湿り気が吸い付いてくるようだった。

洩れてくる息は女らしく甘い花粉臭に、食後の刺激が含まれて悩ましく鼻腔を満たしてきた。

舌を挿し入れて滑らかな歯並びを舐めると、彼女も根負けしたように口を開き、彼の侵入を受け入れてネットリとからみつかせた。

浩樹は執拗に舌を舐め回し、滑らかな感触と生温かな唾液のヌメリを味わった。

さらにブラウスの上から豊かな膨らみに手を這わせると、法子が息苦しそうに唇を離し、

「アア……！」

薄目で彼を見上げながら熱く喘いだ。口から洩れる息も実に濃厚でかぐわしく、嗅ぐたびに刺激が鼻腔から胸に沁み込み、ペニスに伝わっていった。

「どうか、脱いでください」

言ってブラウスのボタンを外すと、やがて法子も観念して身を起こし、自分から脱ぎはじめてくれた。

その間、浩樹は眺めながら横になり、法子の汗や涎《よだれ》の匂いの沁み付いた枕を嗅いで興奮を高めた。

彼女も背を向けてブラウスを脱いでブラを外し、スカートとパンストも脱ぎ去って白い肌を露わにしていった。

「どうしても、お風呂に入ったらダメ……？」

「ええ、ダメです」

答えると、法子も最後の一枚を脱ぎ去り、羞じらいながら急いで添い寝してきた。

浩樹は彼女を仰向けにさせ、腕枕してもらいながら腋の下に鼻を迫らせた。

すると、そこには汗に湿った腋毛が煙っていたのだ。

「わあ、色っぽい……」

「も、もうすぐ夏だから剃《そ》りたいのだけど、主人が昔から好きなので、ずっとそのままにしているの……」

法子が羞恥に身をくねらせて答え、生ぬるく甘ったるい匂いを揺らめかせた。

そんなマニアックな男も、やはり一緒に住むと性欲が湧かなくなるのだろう。それでも、生やしたままにしている彼女がいじらしかった。

浩樹は鼻を埋め込み、柔らかな感触を味わいながら濃厚に籠《こ》もった汗の匂いに噎せ返った。

ミルクに似た甘ったるい匂いで鼻腔を満たし、舌を這わせ、徐々に豊かな乳房に移

動していった。乳首も乳輪も艶《なま》めかしく色づき、チュッと含んで舌で転がし、柔らかな膨らみに顔中を押し付けると、

「アア……、いい気持ち……」

久々に愛撫された法子は顔を仰け反らせて喘ぎ、少しもじっとしていられないようにクネクネと身悶えはじめた。

浩樹も上からのしかかり、左右の乳首を交互に含んで舐め回し、心ゆくまで人妻の濃厚な体臭を嗅いでから、滑らかな肌を舐め下りていった。

形良い臍《へそ》を舐め、腹部に顔中を押し付けると心地よい張りと弾力が伝わってきた。

そのまま浩樹は豊かな腰のラインを舐め、ムッチリした太腿へと舌でたどり、脚を舐め下りていった。

2

「ああ、ダメよ、そんなこと……」

浩樹が足裏を舐め回すと、法子が脚をガクガク震わせて声を洩らした。

構わず足首を摑んで押さえ、指の股に鼻を割り込ませて嗅ぐと、さすがにそこは一

日中働いて汗と脂にジットリ湿り、ムレムレの匂いが濃く沁み付いていた。

恐らく入浴も昨夜が最後だろう。

彼は心ゆくまで三十路《みそじ》妻の足の匂いを嗅いでから、爪先にしゃぶり付いて順々に指の間に舌を挿し入れて味わった。

「あう、汚いのに……」

法子は朦朧となりながら呻き、指で彼の舌を挟み付けてきた。

若い頃はマニアックだったらしい亭主も、ここまでは舐めていないようで、法子の反応は実に激しかった。

浩樹は味と匂いが消え去るほど貪ってから、もう片方の足も味と匂いを堪能し、やがて股を開かせて脚の内側を舐め上げていった。

両膝の間に顔を進め、白く張りのある内腿を舐めると、割れ目の熱気と湿り気が顔を包み込んできた。

股間の丘には柔らかそうな恥毛がふんわりと茂り、下の方は露《つゆ》を宿してしっとり濡れていた。割れ目からはみ出した陰唇も興奮に濃く色づき、指で広げると、膣口には白っぽい粘液もまつわりついていた。

クリトリスは小指の先ほどもあり、光沢を放ってツンと突き立っている。

浩樹は顔を埋め込み、茂みに鼻を擦りつけて嗅いだ。隅々には汗とオシッコの匂いが濃厚に籠もり、悩ましく鼻腔を刺激してきた。

「いい匂い」

「あっ！　ダメ……！」

嗅ぎながら言うと、法子がビクッと弾かれたように腰を震わせて言った。

浩樹は何度も深呼吸して胸を満たしながら、舌を這わせて淡い酸味のヌメリをすすった。そして舌先で膣口の襞を掻き回し、柔肉をたどってクリトリスまで舐め上げていくと、

「アアッ……！」

法子が身を弓なりに反らせて喘ぎ、内腿でムッチリと彼の顔を挟み付けてきた。

浩樹は小刻みにチロチロと弾くようにクリトリスを舐め、溢れる愛液を吸い、さらに彼女の両脚を浮かせていった。

白く豊満な尻の谷間には、キュッとピンクの蕾が閉じられ、鼻を埋めると秘めやかな微香が悩ましく籠もっていた。それは、淡い汗の匂いに、うっすらとビネガー臭を含ませたようだった。

彼は充分に嗅いでから舌先でチロチロとくすぐり、濡れた襞の内部にヌルッと潜り

込ませて粘膜を味わった。

「く……！」

法子が息を詰めて呻き、キュッと肛門で舌先を締め付けてきた。

浩樹は舌を出し入れさせて味わい、ようやく引き離し、再び割れ目に戻ってクリトリスに吸い付いた。

「お、お願い、入れて……」

法子は、すぐにも果てそうな勢いで下腹をヒクヒクさせて哀願してきた。快感で夢中になり、もう今は一つになることしか考えられないようだ。

浩樹も我慢できなくなり、ようやく舌を離して身を起こした。

「じゃ、最初は後ろから」

彼は言って法子をうつ伏せにさせ、四つん這いから尻を高く持ち上げて突き出させた。

「アア……」

法子は無防備な体勢で羞恥に喘ぎ、それでも期待に尻をくねらせ、溢れた愛液を内腿にまで漏らしていた。

浩樹は膝を突いて股間を進め、張り詰めた先端をバックから膣口に押し当て、ゆっくりと挿入していった。亀頭が潜り込むと、あとはヌルヌルッと滑らかに吸い込まれてゆき、正常位とは微妙に違う摩擦快感が得られた。

「あう……、いい……」

根元まで深々と押し込むと、法子が顔を伏せたまま呻き、キュッときつく締め付けてきた。

ひんやりした尻の丸みが心地よく下腹部に密着して弾み、浩樹は快感を嚙み締めながら、熱く濡れた膣内でヒクヒクと幹を震わせた。

そして豊満な腰を抱え、ズンズンと腰を前後に突き動かしはじめた。果ててもすぐ吸引するから構わない。

「アアッ……、もっと突いて……」

法子も声を上ずらせてせがみ、合わせて尻を動かしてきた。

浩樹は白い背に覆いかぶさり、髪に鼻を埋めて甘い匂いを嗅ぎながら、両脇から回した手で弾む乳房をわし摑みにした。

彼女も小さなオルガスムスの波を感じ取っているようにガクガクと肌を震わせ、浩樹もこのまま一度果てようと思ったが、先に法子が力尽きて突っ伏してしまった。

その拍子にペニスがヌルッと引き抜けたので、彼は法子を横向きにさせて脚を伸ばさせ、上の脚を真上に持ち上げた。

そして下の太腿に跨がり、上の脚に両手でしがみつきながら、松葉くずしの体位で再び深々と挿入していった。

互いの股間が交差して密着感が高まり、内腿や尻の感触まで味わいながら浩樹は激しく腰を動かした。

「あうう……、すごいわ……」

法子は息も絶えだえになって言い、きつく締め付けながら大量の愛液を漏らした。

浩樹も、ここまで来るとやはり果てるときは美女の唾液と吐息が欲しくなり、またいったん動きを止め、法子を仰向けにさせた。

あらためて正常位で根元まで貫き、身を重ねていくと彼女も下から両手で激しくしがみついてきた。

胸の下では豊かな乳房が押し潰れて弾み、汗ばんだ肌が密着し、恥毛が擦れ合ってコリコリする恥骨の膨らみも伝わってきた。

動かなくても膣内がキュッキュッと収縮し、まるで歯のない口に含まれて吸い付かれているようだった。

「ね、オマ×コ気持ちいいって言って」

「そ、そんなこと……」

「言えば、もっと強く突いていかせてあげるから」

囁くと、中のヌメリと締まりが増してきた。

「オ……、オマ×コ気持ちいい……、アアッ……！」

法子は口走り、自分の言葉に激しく喘いで仰け反った。

浩樹も腰を突き動かしはじめ、肉襞の摩擦を味わいながら次第に股間をぶつけるように激しいピストン運動を繰り返した。

「ああ、いきそう……」

法子が大きな波を待ち受けるように、息を詰めて小さく言った。

動くたびピチャクチャと卑猥な摩擦音が響き、彼女もズンズンと股間を突き上げはじめた。

彼は法子の喘ぐ口に鼻を押しつけ、甘く悩ましい息を嗅ぎながら鼻腔を刺激され、とうとう高まっていった。

「い、いく……！」

浩樹は昇り詰めて口走り、大きな快感の中でありったけの熱いザーメンをドクドクと勢いよく内部にほとばしらせた。

「き、気持ちいいッ、アアーッ……！」

噴出とともに、多くの女性の快感のエキスまで注入され、法子はガクガクと狂おしいオルガスムスの痙攣を開始して声を上げた。

膣内の収縮も最高潮になり、浩樹は摩擦快感の中で心置きなく最後の一滴まで出し尽くしていった。

満足しながら徐々に動きを弱め、力を抜いてもたれかかると、

「ああ……、こんなに感じたの初めて……」

法子も声を洩らしながら、グッタリと四肢を投げ出していった。

しかし膣内は名残惜しげな収縮を繰り返し、刺激されたペニスがヒクヒクと過敏に跳ね上がった。

「あう……、もうダメ……」

感じすぎるように法子が言って呻き、浩樹は熱く甘い息を間近に嗅ぎながら、うっとりと快感の余韻に浸りながら、ゆっくりとザーメンを吸入していった。

中でまた勃起すると、法子が失神してしまうといけないので、全て吸い込むと、すぐにヌルッと引き抜いた。

「アア……、なぜ、こんなに上手なの……」

法子がとろんとした眼差しを向けて言った。

「久々だから感じすぎたのでしょう」

「ええ、そうかもしれないわ……。もう身体を洗い流してもいいでしょう。力が入らないから、どうか起こして……」

法子が手を伸ばして言い、浩樹もベッドを降り、彼女を支えながら寝室を出た。

バスルームに入ってシャワーの湯で身体を洗い流すと、法子もようやくほっとしたように椅子に座り込んだ。特に、膣内にザーメンが残っていないことにも気づかないようだった。

「まあ、もうこんなに硬く大きくなって……」

法子が、勃起したペニスを見て驚いたように言った。

「ええ、あとでもう一度、ゆっくりしましょう」

浩樹は答え、胸を高鳴らせながら、また例のものを求めてしまった。

3

「ね、顔を跨いで」

浩樹は、案外広い洗い場に仰向けになり、法子の手を握って顔に跨がらせた。

まだ朦朧としている彼女も、羞じらいながら素直に跨がり、内腿をムッチリ張り詰めさせてしゃがみ込んでくれた。

「オシッコしてください」

「まあ、どうしてそんなことを……」

「女性の出したものを顔に受けてみたいので」

浩樹は答え、逃げないよう法子の腰を抱え込んで割れ目を舐め回した。

「だって、顔の真上で出すなんて……」

「大丈夫、すぐ洗いますから」

彼は言いながら、真下から顔を埋め込み、尿意を促すように吸った。

「アア……、ダメ、本当に出ちゃうわ……」

法子が息を震わせて言う。これも、先程の行為ですでに放尿の経験までしている女性たちの愛液を吸収し、その影響ですぐにも応じるようになってしまったのかも知れない。

舌を挿し入れて掻き回していると、やはり他の女性と同じく、出る寸前は中の柔肉が盛り上がり、味わいと温もりが変わった。

「あう……、いいの、本当に……」

法子が息を詰めて言い、返事を待つ間もなくチョロチョロと温かな流れがほとばしり、彼の口に注がれてきた。

浩樹は、控えめな味と匂いを堪能しながら、次第に勢いを増す流れを喉に流し込んでいった。

「ああ、いけないわ。そんなこと……」

彼が飲み込む音を聞き、法子がクネクネと腰をよじらせて言った。

しかし勢いが増し、口から溢れた分が鼻に入って少しだけ噎せると、

「アア……、ダメよ、こぼさないで……」

ふとスイッチが切り替わったように法子が言い、放尿しながらグイグイと割れ目を押し付けてきた。

どうやら興奮がピークに達し、今まで抑えていた欲求が全て正直に前面に出てきてしまったようだ。

浩樹も懸命に飲み込むと、ようやく流れが治まっていった。

彼は残り香を味わいながら舌を這わせ、余りの雫をすすったが、たちまち内部は新たな愛液の淡い酸味が満ち、ヌラヌラと滑らかになっていった。

「あう……、つ、続きはベッドで……」

出し切った法子が息を詰めて言い、ようやく彼の顔から股間を引き離した。

浩樹も起き上がると、もう一度二人で全身を洗い流し、身体を拭いてバスルームを出た。

全裸のままベッドに戻り、浩樹が仰向けになると、法子はすぐにも彼の股間に屈み込んで屹立したペニスに顔を寄せてきた。

「すごい、大きいわ……、同い年なのに、主人と全然違う……」

法子が言い、そろそろと幹に触れてきた。

「さっきいったばかりなのに、こんなに硬いなんて、うちの人には無理よ……」

「それは、一緒に暮らしていれば無理ないですよ」

「ええ、確かに、出会った頃は続けて出来たけど、それは若い頃だから」

法子は幹と亀頭を撫で回しながら言い、先に陰嚢に舌を這わせてくれた。

舌で睾丸を転がし、生温かな唾液にまみれさせると、いよいよペニスに口を寄せてきた。

「お口でするけど我慢して。もう一度下に入れたいので」

彼女は前もって言ってから、幹の裏側を舐め上げ、指で支えながら先端に舌を這わせはじめた。

粘液の滲む尿道口を舐め回し、張りつめた亀頭をくわえ、モグモグとたぐるように根元まで呑み込んでいった。

「ああ……」

浩樹は快感に喘ぎ、スッポリと根元まで美女の濡れた口に含まれて幹を震わせた。

法子も吸い付きながら舌をからめ、ペニスを生温かな唾液にまみれさせた。

熱い鼻息が恥毛をそよがせ、上品な唇が貪欲に幹を締め付け、上気した頬をイヤらしくすぼめて吸い続けた。

浩樹も、滑らかに蠢く舌の感触にすっかり高まっていった。

すると、頃合いと見たように法子はスポンと口を引き離し、身を起こしてきた。

「どうか、上から入れて下さい」

彼が言って手を引くと、法子も前進してペニスに跨がってきた。そして唾液に濡れた先端を膣口にあてがい、感触を味わうように息を詰めてゆっくり腰を沈み込ませてきた。

たちまち、屹立したペニスはヌルヌルッと滑らかな肉襞の摩擦を受け、根元まで納まっていった。

「アアッ……、いい……！」

法子が完全に座り込み、密着させた股間をグリグリ擦りつけながら喘いだ。

浩樹が両手を伸ばして抱き寄せると、彼女も身を重ねてきた。胸に乳房が押し付けられて弾み、膣内が心地よくキュッキュッと締まった。

そして彼女は最初から股間をしゃくり上げるように動かし、徐々に浩樹も股間を突き上げてリズムを合わせていった。

「い、いきそう……」

たちまち法子が高まり、大量の愛液を漏らして律動を滑らかにさせた。

浩樹は下から唇を求め、ピッタリと重ね合わせて舌を挿し入れた。

「ンンッ……！」

法子も熱く鼻を鳴らし、甘い刺激の息を弾ませながらチロチロと舌を蠢かせた。

下向きのため唾液がトロトロと滴り、浩樹はうっとりと喉を潤した。

「もっと唾を飲ませて」

「ダメよ、汚いわ。歯磨きもしていないのに……」

囁くと、法子が腰の動きを休めずに小さく答えた。

「でもオシッコまで飲んでしまったのだから」

「あぁッ……、思い出させないで……」

彼女は羞恥を甦らせ、また放尿したときのようにスイッチが切り替わった。

「そんなに飲みたいの？　いいわ、アーンしなさい」

法子が妖しげな眼差しで近々と見下ろして言い、彼が口を開くとクチュッと唾液の固まりを吐き出してくれた。浩樹は、生温かく小泡の多い粘液を味わい、うっとりと飲み込んで酔いしれた。

「アア……、こんなものが美味しいの……？」

法子は声を震わせて言い、さらにトロリと注いでくれた。放尿のときもそうだったが、激しく恥ずかしいことをすると興奮が前面に出て、まるで自棄《やけ》になったように行動してくれるようだ。

そして浩樹がズンズンと股間を突き上げるたび、溢れる愛液がクチュクチュと淫らな音を立てた。さらに彼は、法子の喘ぐ口に鼻を押し込んで、甘い花粉臭の息を嗅いで胸を満たした。

「いい匂い……」

「あう、ダメ……」

言うとまた法子は羞じらい、愛液の量と膣の締まりが増して動きを速めていった。

「舐めて……」

浩樹がせがむと、法子も急に激しく舌を這わせ、彼の鼻の穴を舐め回して唾液に濡らし、フェラチオするように鼻をしゃぶってくれた。

浩樹も、美女の唾液と吐息の匂いに高まり、勢いを付けて股間を突き上げた。

さっき中出ししたときも、彼女は気にしていないようだったから、今回は吸入せず全て出し尽くして終えようと浩樹は思った。

すると、先に法子の方がガクガクと狂おしい痙攣を開始した。

「い、いっちゃう……、気持ちいいわ……、アアーッ……！」

声を上ずらせ、膣内の収縮を活発にさせながら彼女は完全にオルガスムスに達してしまったようだ。

浩樹も心地よい摩擦の中、続いて絶頂の快感に貫かれながら、勢いよく大量のザーメンを内部にほとばしらせた。

「ああ……、もっと……！」

噴出を感じたように法子が口走り、さらにキュッキュッときつく締め上げてきた。

浩樹は心ゆくまで快感を味わい、最後の一滴まで出し尽くした。そして徐々に突き上げを弱め、もう吸引はせずに力を抜いていった。

「アア、何て気持ちいい……」

法子も満足げに声を洩らし、徐々に肌の強ばりを解いてグッタリと彼にもたれかかってきた。

浩樹は重みと温もりを受け止め、息づく膣内に刺激されてヒクヒクと過敏に幹を震わせた。そして湿り気ある甘い息を嗅ぎながら、うっとりと快感の余韻に浸り込んでいったのだった。

法子は精根尽き果てたように体重を預け、彼の耳元で荒い呼吸を繰り返し、たまにビクッと肌を震わせていた。

「こんなに上手だなんて……、やっぱり、あなたに話しかけて良かった……。どうかこれからもお願い……」

彼女が甘い息で囁き、浩樹も小さく頷いて呼吸を整えたのだった。そして中で射精し、吸入しないまま終えるのも良いものだと思った。

4

「朗読CDの売り上げがいいわ。それに、ドレスのジャケットも業界で評判よ」

美百合が言い、浩樹も少なからず仕事の役に立てているようで嬉しかった。

「で、第二弾のクラシックCDのジャケットが、白じゃなく赤いドレスでということに決まったの。瑠奈ちゃんより、もう少し大人の女性ということで、進藤さんはどうかしら」

美百合が、もう投票ではなく個人的に麻衣を名指ししてきた。やはりプロのモデルではなく、素人っぽさが求められているのだろう。

「ええ、清楚さでは負けてないから、良いと思いますよ」

「じゃ、また君を担当にするから説得して」

「分かりました」

言われて浩樹は頷き、自分のデスクへ戻った。

また部長から直《じか》に仕事をもらい、間を通されない根津はますますいじけることだろうが、失敗の連続なのだから仕方がない。

そして彼は午後の仕事を終え、退社時に麻衣に声を掛けた。

「高宮部長から仕事の依頼なのだけど、夕食しながらお話しできない？」

「ええ、構いません」

言うと麻衣も、以前の快楽の興奮を甦らせたように、ほんのりと水蜜桃《すいみつとう》のような頬を染めて頷いた。

やがて二人で退社し、近くのレストランに入った。

まずはグラスビールで乾杯し、料理を頼んでから話に入った。

「え？　私がＣＤジャケットのモデルに……？」

「うん、部長からの推薦なんだ」

「そんな、恥ずかしいです……」

思った通り、麻衣は目立つ仕事に尻込みしてモジモジと答えた。

「でも、エッチな朗読より良いだろうし、あの経験で度胸も付いたでしょう。それに社長令嬢もモデルをした真面目なクラシックＣＤだから記念にもなるよ」

「ええ、でも私なんかが……」

「とっても綺麗だから大丈夫。大人の魅力も出はじめているから、きっと赤いドレスも似合うよ」

浩樹が熱心に説得すると、麻衣も満更ではない表情を浮かべた。

「どうしても、部長の命令だというのなら……」

「うん、決まった。じゃ部長にメールしておくから、近々スタジオで撮影することになるよ。僕も付き添うので、日が決まったら前もって報《しら》せるね。酔って転んだり、大事な顔を怪我するようなことのないように」

「ええ」

笑顔で言うと、麻衣もようやく笑みを浮かべて頷いた。浩樹も、その場で美百合に承諾の旨をメールしておいた。

そして食事を終えてレストランを出ると、もちろん浩樹は淫気を満々にした。

麻衣も、すでに前回の夢のような快感があるし、浩樹の発する快楽のオーラに影響されてか、頬を上気させて去りがたい様子を見せた。

もう回りくどく言わなくても大丈夫だろうから、浩樹もすぐに裏通りのラブホテル街に行った。

「あそこ入ろう」

彼が言って入り口に向かうと、麻衣も小走りに従い、すぐに二人は中に入った。

手早く部屋を選んで、支払いを終えてキイをもらい、エレベーターで三階の一室に入った。

麻衣は、二度目だというのに相当緊張し、言葉少なになってか細く息を震わせていた。何度目でも清楚で初々しい反応が嬉しく、浩樹も痛いほど股間が突っ張ってしまった。

「じゃ、急いで身体を流してくるので、ノンビリしていてね」

浩樹は上着だけ脱いで言い、小さく頷いてソファに座った麻衣をあとに脱衣所へ入った。

そして全裸になり、歯ブラシを持ってバスルームに入り、シャワーの湯を出して歯を磨きながら、ボディソープで腋や股間を洗い流して放尿した。

口をすすぎ、湯を浴び、ものの五分足らずで全身綺麗さっぱりし、脱衣所にあったマウスウオッシュでうがいしながら身体を拭いた。

そして脱いだ服を持ち、バスタオルを腰に巻いて部屋に戻った。

麻衣は、さっきの姿のまま座っていた。

「じゃ来て」

浩樹は布団をめくって言い、先に自分だけ仰向けになった。腰のバスタオルを外すと、ピンピンに勃起したペニスが屹立した。

「全部脱いでね」

「私も歯磨きとシャワーを……」

「ダメ、匂いが濃くないと萎えてしまうからね」

ベッドに来た麻衣に言うと、彼女も諦めたように黙々とブラウスのボタンを外して脱いでいった。やはり羞恥より、快楽の方が優先しているのだろう。

スカートを脱ぎ、ブラを外し、パンストと下着を脱ぎ去ると、二十三歳の新人ＯＬは一糸まとわぬ姿になり、胸を隠しながら向き直ってベッドに上がってきた。

「ここに立って」

彼は仰向けのまま言い、自分の顔の横を指した。

「そんな……」

麻衣は尻込みして言いながらも、浩樹の顔の横に立った。

「足を僕の顔に乗せてね」

「どうして……」

「そうされたいし、モデルを務めるのだから、どんなポーズでも取れるように慣れておかないとね」

彼はもっともらしいことを言い、麻衣の足首を摑んで顔に引き寄せた。

「あん……」

彼女は小さく声を洩らしながらも拒まず、壁に手を突いてフラつく身体を支え、引っ張られるまま、とうとう足裏を浩樹の顔に乗せてしまった。

「アア……、いいのかしら、こんなこと……」

麻衣は息を弾ませ、膝をガクガクと震わせながらも興奮を高めているのが浩樹にも伝わってきた。

彼は顔中に美女の蒸れた足裏を受け止め、その感触を味わいながら舌を這わせた。

やや硬い踵から、柔らかく汗ばんだ土踏まずを舐め回し、縮こまった指の股に鼻を割り込ませて嗅ぐと、そこはやはり汗と脂に湿ってムレムレの匂いが濃厚に沁み付いていた。

「あう……、ダメです、汚いから……」

充分に嗅いでから爪先にしゃぶり付くと、麻衣が呻き、彼が挿し入れた舌先を指で挟み付けてきた。

浩樹は全ての指の間に舌を割り込ませ、やがて足を交代させて新鮮な味と匂いを心ゆくまで貪った。そして足首を摑んで顔を跨がせ、

「しゃがんで」

真下から言うと、麻衣も息を震わせながら恐る恐る和式トイレスタイルでしゃがみ込んできた。脚がM字になり、脹ら脛と内腿がムッチリ張り詰めながら、股間が彼の鼻先に迫った。

「アア……、恥ずかしい……」

麻衣が両手で顔を覆って言い、見ると割れ目から溢れた愛液が内腿との間に糸を引いていた。指で陰唇を広げると、キュッと膣口の襞が引き締まり、光沢あるクリトリスが顔を覗かせた。

そのまま彼は腰を引き寄せ、柔らかな恥毛にギュッと鼻を埋め込んだ。

茂みの隅々には、一日ぶん働いた汗の匂いが甘ったるく籠もり、それにほのかなオシッコの匂いに、大量の愛液の生臭い成分も入り交じって悩ましく鼻腔を掻き回してきた。

「わあ、匂いが濃くて嬉しい」

「い、いやッ……！」

嗅ぎながら言うと、麻衣がビクリと下腹を波打たせて声を震わせた。

浩樹は美女の体臭で胸を満たしながら、舌を這わせていった。トロリとした淡い酸味のヌメリが舌の動きを滑らかにさせ、彼は膣口の襞をクチュクチュ掻き回し、クリトリスまで舐め上げた。

「ああッ……！」

最も感じる部分を舐められ、麻衣が声を上げながら思わずギュッと座り込みそうになり、懸命に彼の顔の左右で両足を踏ん張った。

クリトリスを舐めるたび、新たな愛液がトロトロと滴り、舐め取れない分は彼の顎から首筋まで生温かく伝い流れてきた。

味と匂いを堪能してから、浩樹は尻の真下に潜り込み、ひんやりした双丘を顔中に受け止めながら、谷間の蕾に鼻を埋め込んで嗅いだ。

そこも汗の匂いが籠もり、秘めやかな微香も混じって鼻腔を刺激してきた。

「ここもいい匂い」

羞恥を煽るように言っても、麻衣は息を詰めてじっと身を強ばらせていた。

チロチロと蕾の襞を舐めて濡らし、ヌルッと潜り込ませて粘膜を探ると、

「あう……、ダメ……！」

麻衣が呻いて言い、キュッと肛門で舌先を締め付けてきた。

浩樹は執拗に舌を蠢かせ、再び割れ目に戻ってクリトリスに吸い付くと、彼女は力尽きたように突っ伏してしまったのだった。

5

「ああ……、もう、どうなっているのか分からないわ……」

仰向けに横たえると、麻衣は熱く喘ぎながら朦朧として言った。

恐らく前回のセックスのときから興奮がくすぶり、心ではなく肉体の方が浩樹を求め続けていたのだろう。

浩樹は添い寝し、腋の下に鼻を埋めて甘ったるい汗の匂いを嗅ぎながらオッパイを探り、指の腹でクリクリと乳首を刺激した。

麻衣は少しもじっとしていられないように悶え、熱い呼吸を繰り返した。

やがて彼も腋の下を堪能してから顔を移動させ、乳首に吸い付いていった。

顔中を柔らかな膨らみに押し付けて吸い、硬くなった乳首を舌で転がし、軽く歯を当てて刺激すると、

「アア……、いい気持ち……、もっと……」

麻衣も次第に夢中になり、素直にせがんできた。

浩樹はのしかかり、左右の乳首を順々に味わい、やがて仰向けになって彼女の顔を胸に抱き寄せた。

麻衣の口に乳首を押し付けると、彼女もヌラヌラと舌を這わせて吸い付き、熱い息で肌をくすぐってきた。

「噛んで……」

言うと、彼女も軽く乳首を前歯で挟んでくれた。

「ああ、気持ちいい。もっと強く……」

身悶えてせがむと、麻衣も遠慮がちに力を込め、甘美な刺激を与えてきた。

そして左右の乳首を舌と歯で愛撫してくれ、さらに顔を押しやると、麻衣も下降してペニスに顔を寄せていった。

浩樹は大股開きになって彼女を真ん中に腹這わせ、自ら両脚を浮かせて抱え込み、尻を突き出した。

すると麻衣も自分から彼の尻の谷間を舐め、チロチロと肛門をくすぐってから、自分がされたようにヌルッと潜り込ませてきた。

「あう……、もっと奥まで……」

受け身に転じた浩樹が言うと、麻衣も熱い鼻息で陰嚢をくすぐりながら懸命に舌を押し込んでくれた。彼が美女の舌をモグモグと肛門で締め付けると、ペニスは内側から刺激されるようにヒクヒクと震えた。

そして脚を下ろすと、麻衣も自然に舌を引き抜いて、そのまま陰嚢を舐め回し、睾丸を転がして袋全体を生温かな唾液にまみれさせてくれた。

せがむように幹を上下させると、いよいよ麻衣も身を乗り出し、肉棒の裏側を舌先で探り、先端まで舐め上げてきた。

舌先でチロチロと尿道口を舐め回し、滲んだ粘液をすすってから亀頭にしゃぶり付き、スッポリと根元まで含んでくれた。

「ああ、いい……」

浩樹もうっとりと身を投げ出して喘ぎ、美女の温かく濡れた口に含まれて、快感に幹をヒクヒク震わせた。麻衣も喉の奥に触れるほど深々と含み、上気した頬をすぼめて吸い、舌をからめてきた。

彼自身は唾液にまみれながら、ジワジワと高まり、やがて浩樹は彼女の手を握って引っ張った。

「跨いで、上から入れて……」

言うと麻衣も前進してペニスに跨がり、唾液に濡れた先端を割れ目に押し当て、息を詰めてゆっくり膣口に受け入れながら腰を沈めていった。

張りつめた亀頭が潜り込むと、あとは重みとヌメリでヌルヌルッと滑らかに根元まで呑み込まれた。

「アアッ……！」

真下から貫かれ、麻衣がビクッと顔を仰け反らせて喘ぎ、完全に座り込んでピッタリと股間を密着させた。浩樹も肉襞の摩擦と温もり、きつい締め付けに包まれながら快感を嚙み締めた。

いつものことながら、女体と一つになった瞬間の悦びは格別であった。

「自分で動いてみて」

じっとしたまま言うと、麻衣は彼の胸に両手を突っ張りながら、身を反らせ気味にして徐々に腰を遣いはじめた。

「中の、どこが気持ちいい？」

「全部……」

訊くと麻衣が答え、上体を起こしていられなくなったように身を重ねてきた。

浩樹も両手を回して抱き留め、僅かに両膝を立てて、小刻みにズンズンと股間を突き上げた。

そして舌から唇を求め、ピッタリと重ねて舌を潜り込ませた。

「ンンッ……」

麻衣が熱く鼻を鳴らし、反射的にチュッと強く彼の舌に吸い付いてきた。

浩樹は舌をからめ、滑らかに蠢く舌の感触と生温かな唾液のヌメリを味わった。

唾液を堪能してから位置を僅かにずらし、麻衣の喘ぐ口に鼻を押し込んで熱く湿り気ある息を嗅ぐと、甘酸っぱい芳香に混じり、やはり食後の刺激も適度に混じって鼻腔をくすぐってきた。

「ああ、ここが一番いい匂い」

「あ……」

嗅ぎながらうっとり囁くと、麻衣は激しい羞恥に小さく声を洩らし、さらに濃く熱い息を吐きかけてきた。それを胸いっぱいに嗅ぎながら、彼は次第に突き上げを速めていった。

「もっと唾を出して」

言うと麻衣も、すっかり高まりながら羞恥より彼の求めに応じて唾液を分泌させ、トロトロと口移しに注ぎ込んでくれた。

彼は生温かく小泡の多い粘液を味わい、心地よく喉を潤した。

「顔中も舐めて……」

言って麻衣の口に鼻を擦りつけると、彼女も舌を伸ばしてチロチロと舐め回し、鼻の穴から頬までヌルヌルにしてくれた。

「ああ、いきそう……」

浩樹はすっかり高まり、激しく股間を突き上げながら、心地よい肉襞の摩擦の中で昇り詰めてしまった。

「く……！」

突き上がる快感に呻き、ありったけの熱いザーメンを勢いよく内部にドクンドクンとほとばしらせると、

「い、いっちゃう……、アアーッ……！」

噴出を受け止めた麻衣もオルガスムスのスイッチが入り、声を上ずらせながらガクガクと狂おしい痙攣と収縮を繰り返しはじめた。

浩樹は大きな快感を心ゆくまで味わい、最後の一滴まで出し尽くして突き上げを弱めていった。そして満足しながら力を抜いていくと、

「ああ……」

麻衣も力尽きたように声を洩らし、グッタリと彼に突っ伏してきた。

膣内の収縮はいつまでも続き、浩樹は過敏になったペニスを内部でピクンと跳ね上げた。

そのたびに麻衣もキュッと答えるようにきつく締め付けてきた。

浩樹は彼女の口に鼻を押しつけ、甘酸っぱい息を嗅ぎながら鼻腔を湿らせ、うっとりと快感の余韻を噛み締めたのだった。

そして呼吸を整えながら、内部に放ったザーメンをゆっくり吸入して淫気と勃起を取り戻していった。

「か、感じすぎるわ。もうダメ……」

麻衣が言って腰を浮かせ、ペニスを引き抜いてゴロリと横になった。

浩樹は麻衣が落ち着くまで少し待ってから、やがて身を起こし、彼女を支えてベッドを降りながらバスルームに連れていった。

身体を洗い流すと、ようやく彼女も肌の強ばりを解いて、ほっとしたようだった。

「じゃ、立ってオシッコして」

「どうしてさせたがるんです……？」

「エッチしたら、必ず女性のそれも味わうのが、僕の中の法律で決まってるの」

浩樹は言いながら、自分は座って彼女を目の前に立たせ、片方の足を浮かせてバスタブのふちに乗せさせた。

開かれた股間に顔を寄せると、麻衣もためらわず、息を詰めて下腹に力を入れながら尿意を高めはじめてくれた。こんなに素直に従ってくれるのも、今までの女性の快楽成分を含んだ愛液を吸収した効果なのかも知れない。

すっかり匂いの薄れてしまった恥毛に鼻を埋め込み、新たな愛液が溢れはじめた割

れ目を舐めながら待っていると、

「あうう……、出ます……」

麻衣が息を詰めて言うなり、ポタポタと温かな雫が滴り、間もなくチョロチョロとした流れになって注がれてきた。

浩樹は舌に受け止め、淡い味と匂いを嚙み締めながら喉に流し込んだ。

「アア……」

麻衣も彼の頭に両手を乗せ、次第に勢いを付けて放尿した。

口から溢れた分が温かく肌を伝い、激しく勃起しているペニスを心地よく浸した。

しかし流れはすぐにも治まってしまい、彼は舌を挿し入れて余りの味わいを貪ったが、すぐにも新たな愛液が大量に溢れてきた。

そして彼はヌメリをすすりながら、二回目は口と膣と、どちらに射精しようか考えたのだった……。

第六章　熟れ肌フェロモン三昧

1

「もう、社長に言ってクビにしてもらうしかないわね」

退社時間近く、美百合がちょうど居合わせた浩樹に言った。

「どうしたんですか」

「課長が、不祥事を起こしたのよ」

彼女が言う。もう姿が見えないので根津は退社したようだ。

「また何か失敗ですか」

「ううん、女子更衣室に忍び込んで、ブラウスや靴を嗅いだり、クズ籠《かご》のパンストを拾ったりしているところを見たの」

「うわ……」

それはバカなことをしたと言うよりも、浩樹は見つかったことに同情してしまった。

「それで？」

「私がすごい剣幕で怒ったら、謝りながら逃げ出して、そのまま帰ったわ」

「そうですか……」

浩樹は、怒り心頭の美百合を見て、思わず股間を熱くさせてしまった。颯爽たる美百合は、笑顔より怒っている方が魅惑的である。

「どう思う？」

「見つかったら、もう二度としないでしょうね。気持ちは分かりますが、妻子がいる身だからクビは可哀想です」

「まあ、怒っている私より、課長の気持ちの方が分かるような感じね」

「ええ、男なら、そうしたものを嗅ぎたがるのは当たり前ですから。もちろん女子更衣室に忍び込むのは犯罪ですけれど、何とか今回だけは勘弁してあげてもらえないでしょうか」

浩樹は言った。ここのところ自分がモテすぎるから、嫌われ者の根津が可哀想になってきたのだ。

「そう、優しいのね。じゃ今回だけは、社長に言わず不問にするわ」

「本当ですか」

「その代わり、彼の身柄は君に預けるわ。社長からも言われていたのだけれど、君を課長にしようという話が出ているの」

「ええっ……？」

言われて浩樹は驚いた。確かに部長の美百合や社長の亜矢子など、力のある女性たちと次々に懇ろになり、贔屓《ひいき》されているのは分かるが、こんなにもあからさまに出世して良いものだろうかと思った。

「そんな、僕なんかまだ」

「ううん、贔屓じゃなくて本当に力があると評価されているのよ。近々実現したら、根津さんは君の部下になるわ。責任もって管理してちょうだい」

「そ、それは、そのときになったら頑張ってそうしますけれど……」

「ええ、頭の隅に入れておいて。それより今夜付き合って」

美百合に言われ、そのまま浩樹は彼女と一緒に退社し、夕食をご馳走になってから前に行ったラブホテルに入った。

浩樹は密室に入る前から激しく勃起していた。何といっても美百合は、彼にとって最初の素人女性なのである。いや、味気なかった風俗経験など勘定に入れなければ本当に最初の女性だった。

「じゃ、急いで洗ってきますので」

「私はいいのね？」

「ええ、このままでお待ち下さい」

浩樹は言い置き、脱衣場に入って全裸になると、例によってバスルームで全身を洗い、歯磨きと放尿を済ませて綺麗にした。

身体を拭いて部屋に戻ると、すでに美百合は全裸になり、照明をやや暗くしてベッドに横になって待っていた。しかも彼の好みを汲んで、メガネだけそのままにしてくれていたのだ。

浩樹は身を投げ出している彼女の足の方に屈み込み、形良く綺麗な足裏を舐め、指の股に鼻を押しつけて嗅いだ。颯爽たる彼女は人一倍動き回るから、そこは汗と脂に湿って蒸れた匂いが濃く沁み付いていた。

「ああ、そこから……？」

美百合は言いながらも拒まず、好きにさせてくれた。

浩樹は揃った爪先にペディキュアも構わずしゃぶり付き、順々に足指の間に舌を割り込ませて味わっていった。

「あう……、くすぐったいわ……」

美百合はビクリと足を震わせて呻き、指で舌を挟み付けてきた。もうすっかり、根津への不快感も忘れ、受け身の快楽に専念していったようだ。

浩樹も全ての指をしゃぶり、もう片方の足にも移動して味と匂いを貪った。

そして味わい尽くすと、スラリと長い脚の内側を舐め上げ、両膝の間に顔を割り込ませながら股間に迫っていった。

白くムッチリした内腿は実にスベスベで、舐め上げていくと股間の熱気が顔中を包み込んできた。割れ目に顔を寄せ、指を当ててグイッと陰唇を左右に開くと、中の柔肉はヌメヌメと大量の蜜に潤い、大きめのクリトリスも真珠色の光沢を放ってツンと突き立っていた。

艶めかしい眺めを目に焼き付けて顔を埋め込んでいくと、

「アア……！」

美百合がすぐにも熱く喘ぎ、両手を彼の頭にかけ、内腿でも顔を挟み付けてきた。

どうやら淫らなスイッチが本格的に入ってしまったらしく、彼女はグイグイと彼の顔を両手で股間に押し付けながら、股間も突き上げてきた。

浩樹も必死に舌を這わせ、茂みに籠もる濃厚な体臭で鼻腔を満たした。汗とオシッコの匂いが程よく入り混じり、嗅ぐたびに悩ましく胸に沁み込んできた。

愛液はヌラヌラと溢れて淡い酸味を伝え、彼は息づく膣口の襞から柔肉をたどり、クリトリスまで味わいながら舐め上げていった。

「ああっ……、いい気持ち……」

美百合が顔を仰け反らせて喘ぎ、ヒクヒクと下腹を波打たせて悶えた。

浩樹は美女の匂いを貪り、充分に愛液をすすってから美百合の両脚を浮かせ、白く豊満な尻の谷間に鼻を埋め込んだ。ひんやりと顔中に密着する双丘の丸みが艶めかしく、ピンクの蕾に籠もった汗の匂いに混じり、秘めやかな微香も実に悩ましく鼻腔を刺激してきた。

襞を舐め回し、舌を潜り込ませてヌルッとした甘苦いような粘膜を探ると、

「あう……」

美百合が呻き、キュッときつく肛門で舌先を締め付けてきた。

浩樹は舌を出し入れさせるように蠢かせて味わい、やがて脚を下ろして再び割れ目に戻り、愛液を舐め取ってクリトリスに吸い付いた。

「も、もういいわ、すぐいきそう……」

美百合が絶頂を迫らせて言い、身を起こしてきた。彼も股間から離れて仰向けになると、彼女がすぐにも屈み込んで先端にしゃぶり付いた。

尿道口をチロチロと舐め回し、スッポリと喉の奥まで呑み込み、頬をすぼめて吸い付きながら舌をからめてきた。

「アア……、気持ちいい……」

浩樹は股間に熱い息を感じながら、美女の吸引と舌の蠢きに喘ぎ、生温かな唾液にまみれた幹を口の中でヒクヒク震わせた。

すると美百合は、肉棒を唾液に濡らしただけで、すぐにもスポンと引き抜いた。

「いい？　入れたいの」

彼女は言って身を起こし、ペニスに跨がってきた。

そして先端を割れ目に押し当て、位置を定めてゆっくり座り込んできた。

女教師のような雰囲気のあるメガネ美女が、屹立した肉棒をヌルヌルッと滑らかに膣内に納め、キュッと股間を押しつけて座り込んだ。

「ああ……、いいわ、奥まで届いている……」

美百合が顔を仰け反らせて言い、味わうように小刻みに締め付けてきた。

浩樹も肉襞の摩擦と温もりに包まれながら急激に高まり、両手を伸ばして彼女を抱き寄せた。

美百合も身を重ね、自分から胸を突き出し、乳首を彼の口に押し付けてきた。

浩樹は含んで舐め回し、顔中に柔らかな膨らみを感じながら、膣内でヒクヒクと歓喜に幹を震わせた。

彼女も左右の乳首を交互に含ませ、徐々に腰を遣いはじめた。

浩樹は充分に乳首を味わってから、彼女の腋の下に鼻を埋め込み、甘ったるく濃厚な汗の匂いで胸を満たした。

そして彼女の動きに合わせ、股間を突き上げて摩擦快感を味わった。

「ね、唾が欲しい……」

言うと、美百合も形良い唇をすぼめて顔を寄せ、白っぽく小泡の多い大量の唾液をトロトロと吐き出してくれた。それを舌に受け、浩樹はうっとりと飲み込んで酔いしれた。

「ね、前の時のように頬を叩いて」

言いながら、彼は興奮に股間の突き上げを速めた。

「そんなことされたいの」

美百合は答え、軽くパチンと彼の頬を叩いてくれた。

「ああ、気持ちいいけど、やっぱり痛いのは嫌だ。顔に思い切り唾をかけて……」

さらに浩樹はメガネ美女にせがんだ。

すると美百合も大きく息を吸い込み、勢いよくペッと唾液を吐きかけてくれた。

花粉のような匂いを含んだ息が鼻腔を刺激し、生温かな唾液の固まりがピチャッと鼻筋にかかってトロリと頬を伝い流れた。

「ああ、もっとヌルヌルにして……」

言うと美百合も舌を伸ばし、彼の顔中を舐め回しながら勢いよく腰を動かした。

クチュクチュと湿った摩擦音が響き、溢れた愛液が互いの股間をビショビショにさせた。

さらに彼女は上から唇を重ね、ネットリと舌をからめながら甘い息を弾ませた。

浩樹は美女の唾液と吐息を吸収しながら、とうとう昇り詰めてしまった。

「く……！」

突き上がる快感に呻きながら、熱い大量のザーメンをドクドクと勢いよく内部にほとばしらせると、

「い、いく……、気持ちいいわ、アアーッ……！」

噴出を感じた途端、美百合もオルガスムスに達して口走り、ガクンガクンと狂おし

い痙攣と収縮を繰り返した。浩樹も快感を味わい、心置きなく最後の一滴まで出し尽くしていった。

「吸い込んで、何度も続けてして……」

美百合が声を上ずらせ、貪欲に求めながら締め付けてきた。どうやら一度では満足しないようだ。

浩樹は美百合の甘い息を嗅ぎながら余韻に浸っていたが、内部に放ったザーメンを吸入し、再び淫気と勃起を取り戻していった。

「アア、いいわ……、突いて……！」

美百合は回復したペニスを締め付けて熱く喘ぎ、また激しく腰を動かしはじめたのだった……。

2

「本当にいいんでしょうか、僕なんかが課長になったりして……」

浩樹は、社長の亜矢子からまた昼間にマンションに呼ばれ、昇進の話を聞かされて答えた。

「構わないわ。だって、今まで根津が務まったのだから、君に出来ないわけないでしょう。しかも現場の苦労もよく知っているし」

「ええ……、でも根津課長が僕の部下になったりしたら、ふて腐れて辞めちゃうんじゃないでしょうか」

浩樹は、まだ自分の身に起きた幸運が信じられない思いだった。

「それならそれで全然構わないけれど、絶対に辞められないでしょうね。うちがお金を貸して住宅ローンを組み、毎月の給料から差し引いているのだから、宝くじでも当たらない限り」

「そうですか……」

聞いて浩樹は、ますます根津に同情した。

「とにかく明日辞令を出すから、課長としての心構えをしっかり持って」

「分かりました」

「その前に、今日もうんと私を楽しませて」

亜矢子は話を打ち切るように言うなり、すぐにも彼を寝室に招いて脱ぎはじめた。

もちろん浩樹も、呼ばれたときから淫気は満々になっていたので、手早く全裸になっていった。

彼がベッドに仰向けになると、

「ああ、嬉しい……」

亜矢子は息を弾ませて言い、屈み込んで勃起したペニスに頬ずりしてきた。

毎日顔を合わせているが、もちろんオフィスでは社長の威厳を崩すことなく、今は打って変わって飢えた牝獣と化していた。

日頃は美しく貫禄があり、気品に満ちた上流婦人だが、今は目を輝かせ欲情に満ちた美熟女で、彼はそのギャップに興奮を高めた。

亜矢子は小指を立てて幹を握り、先端にチロチロと舌を這わせ、亀頭にしゃぶり付いてきた。

そのまま吸い付きながら小刻みに深く呑み込み、根元まで含まれると先端がヌルッとした喉の奥に触れた。

それでも苦しげな様子は見せず、亜矢子は頬をすぼめて強く吸い付き、熱い息を彼の股間に籠もらせながらネットリと舌をからみつけてきた。

「アア……」

浩樹は舌に翻弄されて喘ぎ、生温かな唾液にまみれた幹をヒクヒク震わせた。

亜矢子は舌の蠢きと吸引を繰り返してからスポンと口を引き離し、さらに陰嚢を舐め回して睾丸を転がし、彼の脚を浮かせて肛門にも舌を這わせてヌルッと潜り込ませてきた。

「あう……、社長、いや亜矢子さん、そんなことまでしなくていいですよ……」

浩樹は畏《おそ》れ多いような快感に呻いて言ったが、亜矢子は構わず内部で舌を蠢かせ、彼もキュッと肛門で美女の舌を締め付けた。

舌が動くたび、内側から刺激されたペニスがピクンと上下した。

やがて舌を引き抜いて脚を下ろした亜矢子は、そのまま彼の内腿を舐め、キュッと歯を食い込ませてきた。

「あう……」

「痛い？」

「いいえ、気持ちいいです。もっと強く……」

「いい子ね。じゃ好きなだけ嚙むわ」

亜矢子は言って綺麗な歯並びを内腿に食い込ませ、モグモグと咀嚼《そしゃく》するように動かしながら下降していった。甘美な痛みと刺激に、彼は少しもじっとしていられないようにクネクネと悶えた。

彼女は左右の脚を舌と歯で愛撫してから、とうとう爪先にもしゃぶり付き、指の間にヌルッと舌先を割り込ませてきた。

「アア……、い、いけません……」

いつもと逆のパターンに、浩樹は申し訳ない快感に喘いだ。

亜矢子は左右の爪先を念入りにしゃぶってから、彼の足首を摑んで持ち上げ、足裏に巨乳を擦りつけてきた。

コリコリと硬くなった乳首と、柔らかな膨らみが足裏を刺激し、何やら彼は美女の胸を踏みつけているような快感に高まった。

ようやく浩樹の下半身への愛撫を終えて気が済むと、亜矢子は添い寝してきた。

「いいわ、好きにして……」

今度は受け身になるように熟れ肌をくっつけて囁き、浩樹も腕枕してもらいながら巨乳に手を這わせ、ジットリ汗ばんだ腋の下に鼻を埋め込み、濃厚に甘ったるい体臭に噎せ返った。

そして充分に熟れた匂いを嗅いで舌を這わせてから、徐々にのしかかるように移動して乳首に吸い付き、豊かな膨らみに顔中を押し付けていった。

「ああ……、いい気持ち……」

亜矢子もうっとりと喘ぎ、彼の髪を撫でながらクネクネと悶えはじめた。

浩樹は左右の乳首を交互に含んで舐め回し、そっと歯を当てて刺激し、滑らかな白い肌を舐め下りていった。

形良い臍を舐め、顔を押し付けて腹部の弾力を味わい、豊満な腰からムッチリした太腿へ下り、脚を舐め下りていった。

そして足裏に回り込んで舌を這わせ、指の間に鼻を割り込ませて嗅いだ。

汗と脂に湿って蒸れた匂いが悩ましく鼻腔を刺激し、彼は美熟女の足の匂いを堪能してから爪先にしゃぶり付いて、順々に指の股を舐めていった。

亜矢子は息を弾ませながら、たまにビクッと脚を震わせて彼の愛撫を楽しんでいるようだ。

浩樹は両足とも味と匂いを堪能してしゃぶり尽くし、脚の内側を舐め上げて股間に迫った。ムチムチと張りがある滑らかな内腿を、さすがに嚙むわけにいかないので舌を這わせて割れ目に迫ると、すでにそこは大量の愛液が、水飴《みずあめ》でも垂らしたようにネットリと溢れていた。

彼は吸い寄せられるように顔を埋め込み、黒々と艶のある茂みに鼻を擦りつけて、隅々に濃厚に籠もる汗とオシッコの匂いを貪った。

そして舌を挿し入れ、かつて瑠奈が生まれ出てきた膣口の襞をクチュクチュ搔き回して淡い酸味のヌメリをすすり、クリトリスまで舐め上げた。

「アア……、いいわ、もっと吸って……」

亜矢子が内腿でキュッときつく彼の両頬を挟んで喘ぎ、ヒクヒクと白い下腹を波打たせた。

浩樹はクリトリスに吸い付き、弾くように小刻みに舐め回した。

さらに両脚を浮かせ、白く豊満な尻の谷間に鼻を埋め込み、蕾に籠もった秘めやかな微香を貪るように嗅いでから舌を這わせていった。

「あう……、いい気持ち……」

ヌルッと潜り込ませて滑らかな粘膜を探ると、亜矢子が呻いて言い、肛門で舌先を締め付けてきた。

彼は執拗に舌を蠢かせてから再び割れ目に戻ってヌメリをすすると、

「入れて……」

亜矢子がせがんできた。

浩樹も身を起こして股間を進め、幹に指を添えて先端をあてがった。

すると、一瞬でチュッと根元まで吸い込まれ、引き寄せられた股間が密着した。

まるでブラックホールに吸い込まれる心地で、浩樹は肉襞の摩擦と蠢き、温もりと潤いに包まれながら身を重ねていった。

「ああ……、可愛い……！」

亜矢子がうっとりと喘いで両手を回し、さらに両脚まで彼の腰にからみつけてギュッと抱き留めてきた。浩樹は弾むような熟れ肌に身を預け、吸い付くような膣の蠢動に身を委《ゆだ》ねて快感を味わった。

胸の下では巨乳が押し潰れて弾力を伝え、汗ばんだ肌の前面が密着して恥毛が擦れ合った。そして彼女がズンズンと股間を突き上げるたび、コリコリする恥骨の膨らみが下腹部に伝わってきた。

彼女の喘ぐ口に鼻を押しつけて胸いっぱいに嗅ぐと、白粉臭の甘い刺激の息が濃厚に鼻腔を刺激してきた。匂いだけで彼は激しく高まり、思わずズンズンと腰を突き動かしながら唇を重ね、滑らかに蠢く舌を舐め回した。

「ンンッ……」

亜矢子も彼の舌に吸い付きながら熱く呻き、股間を突き上げて律動のリズムを一致させた。前回のときと同じく、超名器の締まりと吸引、肉襞の摩擦と蠢きに、さすがの浩樹もあっという間に絶頂に達してしまった。

「く……！」

突き上がる大きな絶頂の快感に呻きながら、彼はドクドクと勢いよく熱いザーメンをほとばしらせた。

すると亜矢子も吸引をはじめ、延々と彼の精を吸い取りはじめた。

恐ろしいほどの快感の中で、出し切った浩樹は懸命に吸引をし、しばし競い合いながら股間をぶつけ合った。

浩樹は何度か射精しては吸入を繰り返し、そのうちようやく亜矢子も大きなオルガスムスを迎えていった。

「い、いっちゃう、気持ちいいわ、ああーッ……！」

声を上ずらせてガクンガクンと狂おしく痙攣し、ブリッジするように反り返って膣内の収縮を最高潮にさせた。

そのたびに彼の全身も跳ね上がり、暴れ馬にしがみつく思いで動き続けた。

やがて亜矢子はすっかり満足したように、膣内の蠢きと吸引を弱めていくと、浩樹も最後と判断し、思い切り射精しながら快感を噛み締めた。

そして、もう吸引することなく力を抜いてグッタリと体重を彼女に預けていった。

「アア……、何ていいの……、死ぬかと思ったわ……」

亜矢子が激しく息を弾ませて言い、徐々に熟れ肌の硬直を解きながら身を投げ出していった。

まだ膣内の収縮が名残惜しげに続き、浩樹も精根尽き果ててもたれかかりながら、ヒクヒクと内部で過敏に幹を震わせた。

そして美女の熱く甘い息を嗅いで鼻腔を満たしながら、うっとりと快感の余韻を味わったのだった……。

3

「そ、そんなあ……」

翌朝、廊下に貼り出された辞令を見て、根津が絶句して立ち尽くした。

他の、彼を嫌っていたＯＬたちも、さすがにいい気味と思うよりも、あまりに痛々しくて見ていられず、そそくさとオフィスに入っていった。

「というわけで、根津さんは机の荷物を入れ替えて、白木新課長に仕事の引き継ぎをしなさい」

美百合が言い、浩樹は自分の荷物を持って、窓際にあった根津の机に行った。

そこは部長の美百合の隣の席で、オフィス内が見渡せて日当たりも良い。

「では根津さん、よろしくお願いします」

「あ、ああ……」

浩樹が言うと、根津は魂の抜けたような声を出し、全ての引き出しの中身や机の上のものを持って、今まで浩樹が居た隅の席へと移動していった。

そして片付けを後回しにし、また彼は浩樹のところへ戻って仕事の引き継ぎの説明した。

まあ彼も多くの失敗をしてきたし、美百合に決定的な変態行為を見られてしまったのだから、そのうち解雇よりはマシと思いはじめるだろう。

力ない声を聞いて浩樹はまた同情しながら、何とか営業課長としての仕事を把握していった。

もっとも、仕事というのは大したものではなかった。今まで浩樹や他のＯＬたちが作成した受注の書類に目を通して判を押し、隣の美百合に渡すだけで、あとはたまにお得意様回りをする程度のものであった。

とにかく浩樹は面映《おもは》ゆい思いで課長の席に座り、その日の仕事をした。麻衣も瑠奈も頼もしげに彼を見て、熱い思いを新たにしているようだ。

やがて一日の仕事を終えると、ちょうど退社のときに浩樹は意気消沈した根津と行き合った。

「根津さん、よろしければ一杯やりますか」

同情から、彼は思いきって言ってみた。

「ふん、慰めてくれようってのか。まあいい、君の昇進祝いだ。年下に奢られるわけにいかないからな、割り勘なら付き合おうじゃないか」

根津は言い、二人は近くの居酒屋に入った。

ビールを飲んで焼酎に切り替えると、根津は延々と愚痴りはじめ、浩樹への恨み言もまくし立てた。

浩樹も、今日だけは好きにさせても良いだろうと笑みを浮かべて聞き流し、適当に焼き鳥やサラダをつまんで腹を満たした。長く居座ったが、やがて根津がもう一軒行こうと言い出して、顔見知りのカラオケスナックに移動し、また浩樹は延々と彼の下手な歌を聴かされることになった。

結局九時半過ぎに帰る頃には、根津はべろべろに酔いつぶれ、居酒屋もスナックも浩樹が支払いをしたのである。

そして肩を貸してタクシーに乗り込み、浩樹は根津の家まで送ってやった。

帰りはまたタクシーの拾いやすい通りに出れば良いと思い、そこでタクシーは返して肩を貸しながら玄関に行った。

根津は、浩樹に早く結婚しろと言っていた割りには晩婚の見合いで結婚二年目、中流の一軒家も新築一年だった。

チャイムを鳴らすと、すぐに内側からドアが開けられた。

「まあ、こんなに酔って……」

「佳子《よしこ》、こいつは俺の部下の白木だ」

妻の佳子が迎え出ると、根津は呂律《ろれつ》の回らぬ口調で言い、そのまま上がり框《かまち》に横になってしまった。本当は今日から浩樹が上司なのだが、もちろん浩樹は訂正もしなかった。

「ちょっと、こんなところで寝ないでベッドへ行って」

佳子が言い、屈み込んで根津の肩を揺すった。三十代半ばぐらいだろうか、ショートカットで、平凡な顔立ちだが胸は大きく、かえってスッピンの普段着が人妻らしくてなかなかに魅力的だった。

そして色白の細面で、目の下にある雀斑《そばかす》も新鮮な魅惑を感じた。

(課長、いや根津さんには勿体ない奥さんだな……)

「手伝います。一人じゃ大変でしょうから失礼します」

浩樹は思い、靴を脱いで上がり込んで言った。そして根津の腕を取って肩に回し、佳子に助けられながら引き起こして奥へと運んでいった。

「済みません、こっちです……」

彼女は言いながら一緒にリビングを通り過ぎ、奥にある寝室のベッドに横たえた。

しかし横の和室には布団が敷かれ、赤ん坊が寝ているではないか。恐らく根津が、赤ん坊の夜泣きを嫌がり、寝室を別にしているのだろう。

佳子がベッドの布団をめくったので、浩樹は根津を端に座らせ、その間に彼女が上着を脱がせてネクタイを解いた。さらに一緒にワイシャツを脱がせ、ベルトを外して横たえ、ズボンも引き抜いていった。

一緒に身を寄せて作業すると、人妻の甘ったるい体臭と、ほのかに甘い刺激の吐息まで感じられ、浩樹は股間が熱くなってきてしまった。

ようやく根津をパンツ一丁にして横たえ、佳子が布団を掛けた。初夏だから寒くないだろう。

すでに根津は大イビキで熟睡していた。

やがて二人で寝室を出ると戸を閉め、リビングのソファに戻った。

「申し訳ありませんでした。弱いのに深酒をして、いつも酔うと朝まで正体がないんです。今お茶でも」

「どうかお構いなく」

言われて、浩樹もソファに座って少し休憩した。佳子も手早く茶を淹れて戻り、彼の隣に座った。ソファは、テレビに向かった二人掛けなのだ。

「会社では、主人は嫌われ者でしょう」

佳子が、嘆息気味に言った。

「そんなことないです。ずいぶん仕事を教えてもらってますので」

「いいえ、気が小さくて、上にゴマをすって下に辛く当たるタイプですわ」

「でも、夫婦仲は良さそうですね」

「とんでもない。親戚の紹介で見合いをして、私も失恋して落ち込んでいたときだったし、大手のＫＫＢ社員だから一緒になったけれど、それほど仕事が出来るわけじゃないのに家庭のことは私に任せきりで……」

今度は妻の愚痴を聞く番になったが、色っぽい人妻なので浩樹も嫌ではなかった。

「でも、性欲は強そうですよね」

浩樹は、自分が発しているモテオーラを信じて際どい話題を出した。何しろ女子更衣室に忍び込むほどだから、夜の営みは激しいのではないかと思ったのだ。

「いえ、確かに最初の頃は旺盛だったし、少し変態かしらと思う部分もあったけど、やはり一緒に暮らしていると飽きるのでしょうね。居て当たり前と思う人には、男性は惹かれないいんじゃないでしょうか」

「どのように変態ぽいところが？」

浩樹が興味を覚えて訊くと、佳子も素直に答えてくれた。

「婚約中は、いつまでも舐めていたし……」

「どこをですか？」

浩樹は、佳子の甘ったるい匂いが濃くなり、興奮が高まってきたことを確信して追及した。ここのところ夫婦生活もないようだし、出産もしたばかりのようだから相当に欲求が溜まっていることだろう。

「その、全部です……」

「全部というと、足の指とかお尻の穴とかも？」

「ええ……」

佳子が頷くと、浩樹は根津ともっと親しくなれそうな気になったものだ。

「それは、ごく当たり前のことだと思いますよ。もちろんシャワーを浴びる前ですよね？」

「はい、最初のうちは。でも一緒に暮らして半年も経たないうちに、すっかり私に興味が無くなったみたいです。あんなに恥ずかしい思いをして我慢したのに。男の人って、そういうものなのでしょうか」

「まあ、大体そうでしょうね。僕はまだ独り者だからよく分からないけれど」

「私に魅力がないからかと思っていたのですけれど……」

「そんなことないですよ。奥さんはとっても綺麗で魅力的です」

「まあ……」

佳子が嘆息し、さらに甘い匂いを揺らめかせた。隣室からは、まだ根津の大イビキが聞こえていた。

「だって、ほら、お話ししているだけでこんなに」

浩樹は脈ありと確信し、ファスナーを下げてピンピンに勃起したペニスを露出させてしまったのだった。

4

「ああ、何て大きくて、綺麗な色……」

すっかり淫気に包まれている佳子は目を見開き、熱い視線を浩樹の股間に釘付けにして言った。

そして吸い寄せられるように横から屈み込み、熱い息を吐きかけながら先端にしゃぶり付いてきたのである。浩樹は温かく濡れた人妻の口に亀頭を含まれ、快感にヒクヒクと幹を震わせた。隣室には、昨日まで上司だった根津が寝ているので、なおさら禁断の興奮が湧いた。

佳子も、夫の寝ている隣室で初対面の若い男に触れることに、激しい興奮を覚えているようだった。

「ンン……」

彼女は喉の奥まで呑み込んで吸い付き、熱く鼻を鳴らして息を股間に籠もらせた。

浩樹も快感を味わいながら、横から彼女のブラウスの豊かな膨らみに手を這わせて揉んだ。

「ああッ……」

佳子が、苦しげにスポンと口を離した。

「奥さんも脱いで下さい」

「こっちの部屋へ……」

言うと佳子は立ち上がり、彼を和室へと招いた。敷きっぱなしの布団の横では、赤ん坊が安らかに眠っている。

行動を起こすとなると佳子はためらいなく、手早く服を脱ぎ去っていった。

浩樹もネクタイを外して急いで服を脱ぎ、全裸になって横たわると、佳子も一糸まとわぬ姿になって添い寝してきた。

彼は腕枕してもらい、腋の下に鼻を埋め込むと、柔らかな腋毛が汗に湿っていた。

濃厚に甘ったるいミルク臭の汗の匂いが鼻腔を刺激し、目の前に息づく乳首は濃く色づいて、ポツンと母乳の雫を滲ませているではないか。

(うわ、何て色っぽい……)

浩樹は興奮を高め、チュッと乳首に吸い付いて雫を舐め回した。

「アア……、いい気持ち……」

佳子がビクリと反応して喘ぎ、さらに濃い匂いを漂わせた。

浩樹が乳首の芯を唇に挟んで強く吸うと、すぐにも生ぬるく薄甘い母乳が滲み出て舌を濡らしてきた。

彼は夢中になって吸い、うっとりと喉を潤すと、胸いっぱいに甘ったるい匂いが広がっていった。もう片方も含んで吸うと、次第に要領を得たように分泌も高まり、彼は心ゆくまで味わうことが出来た。

左右の乳首とも充分に母乳を吸うと、心なしか巨乳の張りが和《やわ》らいできたようだ。

もう佳子は朦朧となって身を投げ出し、クネクネと身悶えながら彼の愛撫を受け止めていた。

浩樹は滑らかな肌を舐め下り、やや突き出て色づいた臍を舐め、腰から脚を舌でたどっていった。

太腿はムチムチと張りがあり、肌はどこもうっすらと汗の味がし、脛にはまばらな体毛もあって野趣溢れる魅力が感じられた。やはり出産直後で子育てに専念し、自分のケアには気をつかわなくなっているのだろう。

彼は脛に頬ずりして舌を這わせ、足裏にも顔を押し付けて舐め回し、指の間に鼻を押しつけて蒸れた匂いを嗅いだ。

「ああ……、ダメよ……」

さすがに根津が起きないか配慮して小さく言い、佳子は脚を震わせた。

浩樹は充分に足の匂いを貪ってから爪先をしゃぶり、順々に指の股に舌を挿し入れて味わった。

「あう……！」

佳子は呻き、彼は両足とも濃厚な味と匂いを貪ってから、脚の内側を舐め上げ、股間に顔を進めていった。

白くムッチリした内腿を舐め、熱気の籠もる割れ目に迫ると、そこは大量の愛液にまみれ、指で陰唇を広げると膣口には母乳に似た白濁の粘液も滲んでまつわりついていた。

浩樹は割れ目に顔を埋め込み、匂いを嗅ぎながら舌を這わせていった。

柔らかな茂みには、甘ったるい汗の匂いが濃く沁み付き、オシッコの匂いもほどよく入り交じって鼻腔を刺激してきた。

熱いヌメリは淡い酸味を含んで舌の動きを滑らかにさせ、充分に膣口の襞を掻き回してから大きめのクリトリスを舐め、チュッと吸い付くと、

「アアッ……、気持ちいいッ……！」

佳子が内腿で彼の顔を挟み付け、根津が気づくのではないかと思うほど大きく声を上げてしまった。舐めながら耳を澄ませたが、まだ規則正しいイビキが続いて、彼も安心した。

そして彼女の両脚を浮かせ、白く豊満な尻の谷間に鼻を押しつけると、張りのある双丘がキュッと顔中に密着し、出産の名残か、多少ぷっくりした蕾に籠もった生々し

い匂いが馥郁《ふくいく》と彼の鼻腔を刺激してきた。

やがて舌を挿し入れて粘膜を舐め、美人妻の前も後ろも存分に味と匂いを堪能すると、浩樹は再び添い寝していった。

「ね、もう一回おしゃぶりしてから、跨いで入れて下さい……」

言うと、快感で朦朧となっていた佳子がノロノロと身を起こし、彼の股間に顔を寄せ、スッポリと喉の奥まで呑み込んで吸いはじめた。

チロチロと舌が蠢くと、ペニスは快感に震え、たちまち生温かな唾液にどっぷりと浸り込んで高まった。

浩樹が彼女の手を握って引き寄せると、佳子もチュパッと口を離して前進し、ペニスに跨がってきた。先端を膣口にあてがうと、彼女の息が期待に震え、そのまま座り込んでいった。

張りつめた亀頭が潜り込むと、あとはヌルヌルッと滑らかに根元まで埋まり込み、彼女は股間を密着させて顔を仰け反らせた。

「あう……、いいわ……！」

佳子が熱く喘いで、久々のペニスをキュッときつく締め付けた。

浩樹も思いのほかきつい締め付けに陶然となり、温もりと感触を味わいながら手を伸ばして彼女を抱き寄せた。

佳子が身を重ねてくると、浩樹は唇を重ね、舌をからめながらズンズンと股間を突き上げはじめていった。

「ンンッ……！」

佳子が熱く鼻を鳴らし、甘い刺激の息を弾ませ、彼の鼻腔をうっとりと湿らせた。

そして突き上げに合わせ、彼女も貪欲に腰を遣いはじめ、大量の愛液が動きを滑らかにさせていった。

やがて佳子が、息苦しげに口を離し、淫らに唾液の糸を引いて喘いだ。

「ああ、すごいわ。年下の男の子とするの初めて……」

彼女は言いながらキュッキュッと締め付け、早くもオルガスムスの痙攣を開始していった。浩樹も彼女の濃厚な吐息を嗅ぎながら摩擦快感に高まり、すぐにも昇り詰めてしまった。

「く……！」

絶頂とともに呻き、熱い大量のザーメンをドクドクと内部に注入すると、

「あ、熱いわ、もっと……、アアッ……！」

噴出を感じ、佳子も本格的な絶頂を迎えて狂おしく悶えた。

浩樹は収縮の中で最後の一滴まで出し尽くし、重みを感じながら余韻に浸り込み、放ったザーメンをまた吸入して硬度を取り戻した。

「あうう……、どうなっているの、また硬く……」

佳子が異変に気づきながら呻き、再び高みへと昇り詰め、とうとう熟れ肌を硬直させてしまった。

「も、もう堪忍《かんにん》……、変になりそう……」

佳子が言うので、浩樹も二度目の射精を心置きなく行ない、ようやく力を抜いて身を投げ出していった。

「ああ……、若い子がこんなにすごいなんて……」

佳子は荒い呼吸とともに言い、グッタリともたれかかってきた。

浩樹は収縮する膣内で幹を過敏に震わせ、熱く甘い息を嗅ぎながら、うっとりと余韻を味わった。

何も知らずに眠っている根津のイビキは一向に乱れることなく、まだ隣室から聞こえていたのだった……。

5

「驚きました。まさか白木さんがいきなり課長だなんて」

パート主婦の法子が言った。今日は過去の書類を調べに、昼過ぎに浩樹は彼女と二人でビルの隅にある資料室に入っていたのだ。

「いいえ、これからが大変なんです」

浩樹は答え、二人きりの資料室でムクムクと勃起してしまった。

「でも、部下になった根津さんにも優しいですね。立場で人間が変わらないから偉いです。あんなに辛く当たられていたのに」

法子が言う。まあ浩樹にしてみれば女房を寝取ってしまった罪の思いがあるので、根津には親身に接してしまうのである。

そして何も知らない根津は、次第にそんな浩樹に従順になり、女子へのセクハラもやめて仕事も真面目にするようになっていた。

それより浩樹は、狭くて暗い室内で彼女に迫っていった。

「え……、なに……？」

顔を寄せてくる彼に、法子が驚いたように言った。

「ちょっとだけ」

浩樹は言って正面から抱きすくめ、唇を重ねてしまった。

「ウ……」

法子は小さく呻いたが、ピッタリと密着してしまうと、身を硬くしながらも拒むことはしなかった。

柔らかな唇が吸い付き、浩樹は舌を挿し入れて滑らかな歯並びを舐めながら、ブラウスの胸に手を這わせていった。

「アア……」

法子が熱く喘ぎ、頰を上気させて顔を仰け反らせた。さらに彼は柔らかな膨らみをモミモミと探り、彼女の喘ぐ口に鼻を押し込んで、湿り気ある甘い刺激の息を胸いっぱいに嗅いだ。

昼食後で、花粉臭の息に混じる微かなオニオン臭が悩ましかった。

「いい匂い。刺激がちょうどいい」

「は、恥ずかしいから言わないで……」

うっとりと嗅ぎながら言うと、法子が羞じらいながら顔を横に向けてしまった。

さらに彼は屈み込んで、ブラウスの腋の下に鼻を埋め、繊維の隅々に沁み付いた甘ったるい汗の匂いを吸い込んだ。

考えてみれば、根津などよりずっとひどいセクハラをしているようなものだ。

そして膝を突き、裾をめくってスカートの中に潜り込んだ。股間に鼻を当てても、パンストと下着で二重になっているので、匂いはほとんどなく温もりが感じられるだけだった。

「い、いいんですか、管理職が社内でこんなこと……」

「うん、どうしても欲しいので」

股間から答えながら、指を掛けて引き脱がせていくと、途中から法子も夢中になって自分で膝まで下ろしてくれた。

「後ろ向きになって、前屈みに」

座ったまま言うと、法子も浩樹に背を向けて屈み、彼の顔に白く丸い尻を突き出してきた。

両の親指でムッチリと谷間を開き、キュッと閉じられたピンクの蕾に鼻を押しつけると、ひんやりした双丘が心地よく顔中に密着した。

嗅ぐと秘めやかな微香が悩ましく胸に沁み込み、彼は充分に嗅いでから舌を這わせて襞を濡らし、ヌルッと潜り込ませた。

「く……」

法子が呻き、キュッと肛門で舌先を締め付けてきた。

浩樹は腰を抱えて押さえつけながら、クチュクチュと舌を出し入れさせて味わい、匂いが消えるほど貪ってしまった。

「ああ……」

法子は立っていられないほどガクガクと膝を震わせて喘いだ。

実際、資料室での仕事はすぐ済むし、他の誰かが来ることはないと思われるので、浩樹は行為に集中していった。

「じゃ、またこっちを向いて」

浩樹が言うと、法子は息を弾ませながら再び向き直った。

裾をめくって股間の茂みに鼻を埋めると、やはり汗とオシッコの匂いが生ぬるく鼻腔を刺激してきた。

しかし真下にある割れ目は舐めにくいので、浩樹はいったん顔を離し、資料室にあった新聞を床に広げて、その上に仰向けになった。

「跨いで」

「アア……、誰か来たらどうしましょう……」

言うと法子は声を震わせながらも、興奮に突き動かされるように彼の顔に横に足を置き、そろそろと跨いでしゃがみ込んできた。パンストと下着が膝までずり下がっているので、まさに和式トイレに入ったときのスタイルだ。

白く滑らかな内腿が、細い血管が透けるほどムッチリと張り詰め、すでに蜜を宿しはじめた割れ目が鼻先に迫ってきた。

浩樹は真下からの割れ目を見上げ、しかもオフィスの制服である着衣だから、新鮮な興奮を得ながら割れ目を観察した。色づいた陰唇が開かれ、中のヌメヌメする柔肉と、光沢あるクリトリスが覗いていた。

腰を引き寄せ、再び茂みに鼻を埋めて濃厚な体臭を嗅ぎ、真下から舌を這わせると淡い酸味のヌメリが感じられた。

息づく膣口の襞からクリトリスを舐め上げると、

「ああッ……、ダメ、感じすぎて……」

社内での行為で刺激が強すぎるのか、法子が熱く喘いで新たな愛液を漏らしてきた。

浩樹はクリトリスを吸い、自分もベルトを解いてズボンと下着を下ろしていった。

「も、もうダメです……」

しゃがみ込んでいられなくなった法子が言って、ビクリと股間を引き離した。

「じゃ、おしゃぶりして」

言うと法子は顔を移動させて屈み込み、チロチロと尿道口を舐め、さらに亀頭をしゃぶって、モグモグと根元まで呑み込んでいった。

「アア……、いい気持ち……」

浩樹は快感に喘ぎ、三十歳の人妻の温かく濡れた口の中で幹を震わせた。もちろん彼も社内の死角で行なうことに、いつも以上の高まりを覚えていた。

「ンン……」

法子も呻いて顔を上下させ、唾液に濡れた口でスポスポと摩擦してくれた。

「い、いきそう。跨いで入れて……」

浩樹が言うと、彼女もチュパッと口を離して前進し、彼の股間に跨がってしゃがみ込んできた。そして先端を膣口に受け入れ、ヌルヌルッと滑らかに根元まで納めて股間を密着させた。

「ああッ……、へ、変になりそう……」

法子がキュッと締め付けて喘ぎ、すぐにも身を重ねてきた。

「ね、あまり動かないで。いったらオフィスに戻れなくなってしまうわ。だから、お口に出して、お願い……」

法子がかぐわしい息で、哀願するように囁いた。

「うん、じゃ少しだけ動いたら離れていいからね」

彼女が言うことも尤《もっと》もだし、困らせるつもりはないので、ここは法子の言う通りにした。

法子は何度か腰を上下させ、クチュクチュと摩擦したが、すぐ危うくなってヌルッと股間を引き離してしまった。

「も、もうダメ……」

「うん、じゃいきそうになるまで指でして……」

浩樹は言って彼女を添い寝させ、愛液に濡れたペニスを握って動かしてもらい、再び唇を重ねて唾液と吐息を味わった。

「いっぱい唾を出して……」

囁くと、法子も懸命にトロトロと唾液を注ぎながら指で愛撫してくれ、彼もうっとりと喉を鳴らしながら高まっていった。さらに法子の口に鼻を押し込み、湿り気ある甘い匂いで鼻腔を刺激されながら、絶頂を迫らせていった。

「いく……」

言うと法子もすぐに顔を移動させ、スッポリと含んで舌をからめ、顔を上下させてチュパチュパと摩擦してくれた。

「ああ、気持ちいい、いく……！」

たちまち昇り詰め、浩樹は快感とともに口走り、勢いよく射精して彼女の喉の奥を直撃した。やはり神聖な社内で迎える絶頂は、働いている皆に済まないという禁断感があり、快感が増した。

「ク……！」

噴出を受けて噎せそうになりながら、法子は呻いて懸命に吸い取り、なおも舌の蠢きを続けてくれた。

浩樹は心置きなく最後の一滴まで美女の口に出し尽くし、満足してグッタリと身を投げ出した。

法子も動きを止め、亀頭を含んだまま口に溜まった大量のザーメンをゴクリと一息に飲み干した。同時に口腔がキュッと締まり、彼は駄目押しの快感に幹を震わせた。

全て飲み干した法子は口を離し、なおも白濁の雫の滲む尿道口を丁寧に舐め回してくれ、浩樹は刺激されながら余韻を嚙み締めたのだった。

第七章　蜜楽の宴《うたげ》はエンドレス

1

「緊張してきました。もう一度トイレに……」

麻衣が言い、赤いドレスの裾を翻《ひるがえ》して控え室のトイレに向かった。

浩樹はそれを追い、一緒に個室に入ってしまった。

「どうして、一人にさせて下さい……」

「だって、裾を濡らすと困るからね」

「誰かが来たら、もっと困ります」

「大丈夫。まだ準備に時間がかかるから誰も来ないよ」

浩樹は言ってしゃがみ込み、便座に腰を下ろした麻衣の裾を確認してやった。

今日はＣＤジャケット撮影の日なので、浩樹は麻衣を伴って前と同じスタジオに来ていたのだ。

すでにメイクと着付けを終えると、さすがに少女の瑠奈とは違う、大人の色気が滲み出ていた。しかし麻衣は、瑠奈ほどの度胸はなく、最初からソワソワと落ち着きがなかった。

今回のジャケットのバックは草原ではなく、アンティークなホテルの一室が設定されているが、これも合成だから麻衣は撮影時にポーズを取るだけである。

もちろん下着の線が出ないように今回もノーパンだから、麻衣は裾をめくっただけで便座に座っていた。

裾が大丈夫と確かめると、浩樹は顔を上げ、大人っぽいメークをした麻衣の顔に迫った。

「もう出して構わないよ。ベロも出して」

囁くと、麻衣は困ったような表情を浮かべながら息を詰めて尿意を高め、口を開いて舌を伸ばしてくれた。口紅が乱れるといけないので、キスできないのだ。

浩樹も舌を伸ばし、チロチロと触れ合わせながら生温かな唾液に濡れて滑らかな舌の感触を味わった。

「アア……」

　すると麻衣は熱く喘ぎ、舌を舐め合いながらチョロチョロと音を立てて放尿を開始した。キスしながら着衣で放尿するのも新鮮な体験であろう。

　舌を出して口を開いているので、否応なく麻衣の口からは熱く湿り気ある息が何度も吐き出され、浩樹は甘酸っぱい匂いに鼻腔を刺激されて酔いしれた。

「いい匂い。でも前の時の方がオニオンの刺激が濃くて嬉しかった」

「ああッ……」

　言うと麻衣が激しい羞恥に声を洩らし、放尿の音を僅かに乱した。

　それでも勢いを付けて出し、ピークを越えると間もなく音が止んだ。

　すると浩樹も、二十三歳の新人ＯＬの唾液と吐息を充分に味わってから顔を離し、再びしゃがみ込んでいった。

「温水シャワーの飛沫《しぶき》が裾にかかるといけないから、僕が拭くね」

　彼は言って裾をめくり上げ、麻衣も息を弾ませながら、その裾を押さえてくれた。

「足を乗せて」

　浩樹が言うと、麻衣も素直に片方の足を浮かせて便座に乗せた。

　彼はトイレットペーパーをたぐって手にし、ビショビショに濡れた割れ目を覗き込んだ。

はみ出した陰唇が雫を宿し、脚を上げたため白くムッチリした内腿にも雫が滴っていた。浩樹はそれを舐め上げ、割れ目に口を付けてすすり、柔らかな恥毛に籠もった汗とオシッコの匂いを貪った。

「アア……、ダメ……」

麻衣が小さく声を洩らし、ヒクヒクと内腿を震わせた。

浩樹は念入りに舐めて雫を舌で拭《ぬぐ》ったが、新たな愛液が溢れて、淡い酸味でヌラヌラと滑らかになった。

「少しぐらい感じた方がリラックスできるからね」

浩樹は言って味と匂いを貪りながらも、適当なところでやめて顔を離した。あとはペーパーで念入りに割れ目と内腿を拭って処理してやった。

「向こうを向いて。後ろも確認しないと」

言うと麻衣も脚を下ろし、狭いトイレ内で彼に背を向け、裾をめくって尻を突き出してきた。浩樹は清らかな尻に顔を押し付け、弾力を感じながら谷間の蕾に鼻を埋めて嗅いだ。

ピンクの蕾には、秘めやかな微香が生々しく沁み付いていた。

家を出る前にシャワーを浴びてきただろうし、ここでトイレに入って大の用を足しても洗浄機があるのに微香がするのは、いま音はしなかったが気体を僅かに漏らしたのかも知れない。

おそらくドレスに覆われて気づかなかったのだろう。

浩樹は微香を貪ってから念入りに舌を這わせた。

「ああ、もうダメ……」

麻衣は、ヌルッと潜り込んだ舌先を肛門で締め付けながら言った。

浩樹も、ようやく腰を上げて麻衣の裾を下ろし、先にトイレから彼女を出し、水を流して自分も出た。

彼女は椅子に座ってハアハアと息を弾ませ、上気した頬に両手を当てた。

「少しは楽になったでしょう」

「いいえ、ドキドキが治まりません……」

麻衣は言い、グラスから直接ではなくストローで水を飲んだ。

と、そこへスタッフが呼びに来た。

「では、そろそろお願い致します」

「はい、ただいま……」

言われて麻衣がビクリと立ち上がって答え、スタッフがすぐスタジオに戻ると、彼女は控え室を出る前にギュッと浩樹の手を握った。

「撮影では、自分の人生を狂わせた男を睨《にら》み付けるような眼差しをしてみて。大人の女っぽく見えるはずだよ」

「白木さんを思って睨んでいいですか」

「うん、もちろん。恥ずかしい朗読も出来たんだから大丈夫。じゃ行こうか」

促すと、麻衣は深呼吸してから控え室を出てスタジオへと言った。多くのスタッフがいて、照明も煌々《こうこう》と照っているので、麻衣は気後《きおく》れしながらも、指示の通りブルーシートの前へと行った。

そしてチーフは麻衣をリラックスさせるため、練習と称して何ショットか撮り、ポーズを変えさせながら冗談を交えた。

徐々に麻衣も慣れてきたように、注文通りのポーズで視線も揺らさないようになってきた。もちろん練習と言っても、何枚か実際に使うものも混じり、麻衣が気づいたときには撮影が終わっていたのだった。

「どう、呆気《あっけ》なかったろう？」

「ええ、すぐ終わりました。いま思えば、もっと目力《めぢから》が出せたんじゃないかと悔やまれます」

浩樹が言うと、麻衣はいっぱしのモデルのようなことを言った。済んだ途端に肩の力が抜けて、振り返る余裕が出てきたのだろう。

やがて控え室に戻ると、女性スタッフが来る前に浩樹は、もう構わないだろうと麻衣に唇を重ねた。舌をからめると、緊張で口中が渇いているのか、甘酸っぱい息の匂いが刺激的に濃くなっていた。

浩樹は激しく勃起しながら麻衣の吐息と唾液に酔いしれ、やがて足音が聞こえてきたので離れ、口紅が付かなかったか鏡で確認した。

そして貸衣装のドレスを脱がせる女性スタッフが入ってきて、いったん浩樹は外へ出た。

少し待つうち、会社の制服に戻った麻衣が出てきたが、メイクはそのままなのでやけに艶めかしかった。それに少女っぽい瑠奈のときより、やや華《はな》やかな大人っぽいメイクである。

浩樹はスタッフに挨拶を済ませると、急いでスタジオを出て、前に瑠奈と入ったラブホテルに入ったのだった。

もちろん麻衣もすっかり高まっていたようで、室内に入るなり自分から服を脱ぎはじめた。

「ああ、我慢できません。白木さんのせいです……」

「うん、いいよ。何でもしてあげる」

浩樹も手早く脱いで全裸になると、ベッドに仰向けになった。

すると、やはり一糸まとわぬ姿になった麻衣がいきなりペニスに顔を寄せ、幹を握って貪るようにしゃぶりはじめたのである。

「アア……、そんなに強く吸わないで……」

浩樹は激しい吸引に思わず腰を浮かせて喘いだが、彼女の淫らな火を点けたのは自分なのだ。

「ンン……」

麻衣は根元まで深々と呑み込み、熱く鼻を鳴らして吸い、ネットリと舌をからめてきた。浩樹自身は美女の口の中で生温かな唾液にまみれながら、最大限に膨張していった。

しかし彼女は浩樹が暴発してしまう前に、唾液に濡らしただけでスポンと口を離して身を起こし、そのまま前進して女上位で受け入れていったのだ。

ヌルヌルッと一気に根元まで納めて座り込むと、

「ああッ……、すごいわ、いい気持ち……！」

麻衣が顔を仰け反らせて口走り、密着した股間をグリグリと擦りつけた。控え室で出来なかった欲望を、いま一気に解放しているようだった。

浩樹も肉襞の摩擦ときつい締め付け、熱いほどの温もりに包まれながら快感を嚙み締め、両手を伸ばして麻衣を抱き寄せた。

彼女もすぐに身を重ね、股間をしゃくり上げるように動かしはじめた。

大量の愛液が律動を滑らかにさせ、すぐにもクチュクチュと淫らに湿った摩擦音が響いてきた。

浩樹も両手で抱き留めながらズンズンと股間を突き動かして唇を求め、美女の息の匂いに酔いしれながら、再びネットリと舌をからめた。

麻衣も執拗に舌を蠢かせては、生温かな唾液をトロトロと注ぎ込み、腰の動きを速め収縮を活発にさせていった。

「い、いきそう……」

麻衣が声を上ずらせて言い、力いっぱい股間を擦りつけてきた。

するたびに相手の絶頂が早まるのなら、もう浩樹の特殊能力も用をなさなくなりつつあった。だから射精後の吸入の必要もなく、彼も一度の射精を味わえば良いだけである。

「唾をかけて、顔中ヌルヌルにして……」

浩樹が求めると、もう羞恥も淑《しと》やかさも快楽に吹き飛んだ麻衣は、大きく息を吸い込んで顔を寄せ、甘酸っぱい息とともに思い切りペッと唾液を吐きかけてくれた。

さらに律動を繰り返しながら、彼の鼻筋を濡らした唾液の固まりを、舌で顔中に塗り付けてくれたのだ。

浩樹は美女の口の匂いと舌のヌメリに酔いしれ、顔中清らかな唾液にまみれながら昇り詰めてしまった。

「く……！」

突き上がる快感に呻き、ありったけの熱いザーメンをドクドクと中にほとばしらせると、

「い、いっちゃう、気持ちいいわ……、アアーッ……！」

噴出を感じた麻衣もオルガスムスに達して喘ぎ、ガクンガクンと狂おしい痙攣を開始しながら、きつく締め上げてきた。

浩樹は大きな快感に包まれ、心置きなく最後の一滴まで出し尽くしていった。

「アア、もうダメ……」

するなと、先に麻衣が力尽きて口走るなり、グッタリと力を抜いてもたれかかってきたのだ。これほど満足してくれたのなら、もう吸入して二度目の射精をする必要もなかった。

ようやく浩樹も突き上げを止め、彼女の重みと温もりを受け止めながら身体を投げ出した。そして収縮する膣内に刺激されてヒクヒクと幹を震わせ、かぐわしい息を嗅ぎながら余韻に浸ったのだった……。

2

「いらっしゃい。来てくれて嬉しいです。でも、どうか瑠奈には内緒にして」

浩樹がマンションを訪ねると、理沙が言って迎え入れてくれた。

今日は土曜で、休日の午後。彼は理沙からのメールをもらって来たのである。

理沙も、浩樹を紹介してくれた瑠奈に内緒で彼を呼び出すことに、後ろめたさを覚えているようだった。

しかもメールには、大学の同級生と後輩が、やはりそれぞれ処女で初体験をしたがっているという内容が書かれていたのだ。

やはり浩樹の特殊能力は、複数を相手のときこそ発揮されるものであろうと思い、意気揚々と来たのだった。

上がり込むと、他に女子大生が二人来て待っていた。

すでに理沙から話を聞き、顔の写メも見ていたらしく、二人とも笑顔で浩樹を迎えてくれた。

「これが同級生の夕香《ゆうか》、こっちは一級下で一年生の恵利《えり》」

理沙が紹介してくれた。

みなテニスサークルの仲間らしく、処女を捨てたいというような際どい話も年中していて、あるいはレズごっこまでしているのかも知れない。

理沙と同じ十九歳の夕香はポニーテールで睫毛の長い美少女。十八で、瑠奈と同い年の恵利は、ボブカットでぽっちゃりした美少女だった。

すでに三人で、あれこれ淫らな相談でもしていたのか、室内には生ぬるく甘ったるい思春期の匂いが充満していた。

「ね、理沙に聞いたのだけれど、白木さんはナマの匂いがしていた方が良いのね。本当はシャワー浴びたいのだけど、我慢していたの」

夕香が、物怖じせず無邪気な眼差しで言った。

どうやら三人とも、午前中はテニスをして汗を流し、シャワーも浴びずにここへ来て皆で昼食を終えたところらしい。

「うん、自然のままが一番良いからね」

「じゃ脱ぎますね」

浩樹が言うと、夕香は答え、すぐにも三人は立ち上がって汗ばんだシャツや短パンを脱ぎ去っていった。

浩樹もベッドに近づいて服を脱いでいくと、先に全裸になった三人が、ベッドに並んで仰向けになった。

すでに体験している理沙も一緒に参加したいらしく、明るい部屋で、まだ二十歳前の三人の女子大生が全裸で並んだ姿は実に壮観であった。しかも三人分のミックスされた匂いが、ユラユラと陽炎《かげろう》のように揺らめいた。

浩樹も全て脱ぎ去ると、まずは三人の足の方に顔を寄せていった。真ん中が長身の夕香、左が体験済みの理沙、右側が一年生の愛くるしい恵利だった。

彼は最初に、恵利の足裏に顔を押し付け、指の間に鼻を押しつけて蒸れた匂いを貪った。

「あん……、恥ずかしいわ……」

恵利が、初めて異性に触れられてビクリと反応しながら声を洩らした。

さすがに新陳代謝も活発なのか、指の股は生ぬるい汗と脂にジットリ湿り、ムレムレの匂いも濃く刺激的だった。

彼は胸いっぱいに美少女の足の匂いを貪り、爪先にしゃぶりついて順々に指の間に舌を割り込ませていった。

「あう、くすぐったい……」

恵利がヒクヒクと肌を震わせて身悶え、隣の夕香にしがみついた。やはり甘ったれの感じで、女同士で戯れたこともあるのだろう。

浩樹は恵利の両足を貪り、味と匂いが薄れるほど堪能してから、真ん中の夕香の足裏に移動した。

テニスをしてもソックスを履いていたから汚れはないが、やはり同じように指の股は蒸れた匂いが濃厚に籠もっていた。彼は足裏を舐め、爪先をしゃぶって全ての指の間を味わうと、

「あん、ダメ、くすぐったいわ、きゃははは……！」

夕香は笑い声を上げげ、クネクネと身悶えた。

浩樹は左右とも愛撫してから理沙に移ると、彼女も二人と同じぐらいムレムレの匂

いが濃く沁み付き、彼は全て味わい尽くしていった。

「ね、誰のが一番臭った？」

夕香が無邪気に訊いてきた。

「みんな同じぐらい濃くて嬉しいよ」

浩樹は答え、今度は理沙の脚の内側を舐め上げ、股間に迫っていった。やはり局部に関しては、体験者から手本を見せた方が良いだろう。

理沙も二人の手前、羞恥を堪えて自ら大股開きになってくれた。浩樹は白くムッチリした内腿を舐め上げ、熱気の籠もる割れ目に近づいた。

そこは、すでに女同士で戯れていたのではないかと思えるほど、大量の蜜にまみれていた。

彼は指で陰唇を広げ、愛液に濡れた綺麗なピンクの柔肉と、自分が処女を奪った膣口を眺め、顔を埋め込んでいった。

柔らかな若草に鼻を埋め込むと、甘ったるい汗の匂いと残尿臭が入り交じり、悩ましい刺激が鼻腔を掻き回してきた。そして舌を挿し入れ、淡い酸味の蜜をすすりながら、膣口からクリトリスまで舐め上げていった。

「アアッ……！」

理沙がビクッと顔を仰け反らせて喘ぎ、内腿で彼の顔を挟み付けてきた。

「本当に舐めてるわ。シャワーも浴びていないのに」

「オシッコ臭くないか心配……」

夕香と恵利が覗き込みながら、ヒソヒソ話し合っていた。みな興奮と期待に頬を染め、呼吸を荒くさせてきた。

浩樹は理沙のクリトリスを舐め、充分に匂いを嗅いでから、やがて顔を上げて真ん中の夕香の股間に顔を寄せていった。

「ああ、恥ずかしくてドキドキするわ……」

夕香が言い、内腿を震わせながらも懸命に両膝を開いた。

割れ目に顔を寄せて見ると、はみ出した陰唇は案外肉厚で、まるで彼女自身のぷっくりした唇を縦に付けたような感じだった。

指を当てて広げ、中を見ると柔肉は理沙に負けないほどヌルヌルと潤っていた。

処女の膣口が襞を入り組ませて息づき、ポツンとした尿道口もはっきり確認でき、包皮の下からは小粒のクリトリスが光沢ある顔を覗かせていた。

恥毛は理沙と同じぐらい、ふんわりと柔らかそうに煙っている。

鼻を埋めて茂みに籠もった匂いを嗅ぐと、やはり生ぬるい汗とオシッコの匂いが蒸れて沁み付き、それに処女特有の恥垢によるチーズ臭も入り交じって鼻腔を刺激してきた。

「あん、嗅がないで……、臭うと嫌だわ……」

夕香がヒクヒクと下腹を波打たせて喘ぎ、浩樹は何度も深呼吸して処女の匂いを吸収しながら舌を挿し入れていった。

膣口をクチュクチュと探り、滑らかな柔肉をたどると、やはりうっすらとした酸味が感じられた。

クリトリスまで舐め上げると、

「あう、いい気持ち……！」

夕香が正直な反応を示し、内腿で彼の顔を挟み付けてきた。

やがて浩樹は、味と匂いを堪能してから、いよいよ最年少の恵利の股間に顔を潜り込ませていった。

もちろん恵利も拒まず、彼が内腿を舐め上げながら割れ目に迫ると、生ぬるい匂いを揺らめかせて腰をくねらせた。

ぷっくりした丘には楚々とした恥毛がほんのひとつまみ煙り、肉づきが良く丸みを帯びた割れ目からはピンクの花びらがはみ出していた。指を当てて左右に広げると、やはりヌメヌメと大量の蜜が溢れて膣口がキュッと引き締まった。

クリトリスは一番大きめで、亀頭の形をして光沢を放ち、甘ったるい汗の匂いも三人の中で一番濃かった。

茂みに鼻を埋めると、汗の匂いに残尿臭が混じり、それにチーズ臭もミックスされて悩ましく彼の胸に沁み込んできた。

彼は舌を挿し入れて蜜を舐め取り、クリトリスまでたどってチュッと吸い付いた。

「あぁッ……、気持ちいい……」

恵利も正直に喘ぎ、新たな蜜を漏らして腰をくねらせた。

やがて浩樹は三人分の味と匂いを貪ると、ようやく顔を上げて期待に胸を弾ませ、次の要求をしたのだった。

3

「じゃ三人とも四つん這いになって、こちらにお尻を突き出して」

「ええっ、そんな恥ずかしい格好を……?」

浩樹が言うと、夕香が羞恥に身をくねらせて答えた。しかし理沙が率先して四つん這いになると、夕香も恵利もノロノロと同じ格好になった。

今度は恵利から順に、浩樹は尻の谷間に顔を埋め込んでいった。

ぽっちゃり型の恵利の肛門は僅かにレモンの先のように突き出て、実に可愛らしくも艶めかしい形をしていた。そして鼻を埋めて嗅ぐと、汗の匂いに混じり秘めやかな微香も籠もって鼻腔を刺激してきた。

浩樹は、処女の尻に顔を埋め込む幸福を嚙み締め、充分に匂いを嗅いでから舌を這わせ、襞を濡らしてヌルッと潜り込ませた。

「く……」

恵利が顔を伏せたまま呻き、キュッと肛門で舌先を締め付けてきた。

彼は舌を蠢かせて滑らかな粘膜を味わい、やがて隣の夕香に移っていった。

夕香の尻も形良く、適度に引き締まって弾力もあり、谷間の肛門は綺麗な薄桃色でひっそり閉じられていた。

それでも鼻を埋め込んで嗅ぐと、秘めやかな匂いもしっかり籠もり、彼は鼻腔を刺激されながら嗅ぎまくり、やがて舌を這わせてヌルッと侵入させた。

「あう……、汚いのに……」

夕香が呻き、モグモグと舌を肛門で締め付けた。

浩樹は心ゆくまで粘膜を探り、最後に理沙の尻に移動した。理沙も微香を籠もらせ、襞を震わせて彼の愛撫を受けた。

そして気が済んだ浩樹は、全員の前後を堪能して顔を上げた。

「誰の匂いがきつかった？」

「みんなそんなに変わらないよ」

「そう、じゃセックスしてみて。最初は理沙から」

夕香が言い、理沙も自分が手本だと思って仰向けになり、僅かに立てた両膝を全開にしてくれた。

浩樹も正常位で股間を進め、急角度にそそり立った幹に指を添えて先端を下向きにさせ、亀頭を擦りつけてヌメリを与えながらゆっくり挿入していった。

「アアッ……！」

理沙が僅かに眉をひそめて喘ぎ、それでも大量の潤いに任せてヌルヌルッと根元まで受け入れた。

浩樹は深々と貫き、温もりと感触を味わいながら身を重ね、屈み込んでピンクの乳首に吸い付いた。そして舌で転がし、左右の乳首を味わってから、腋の下にも鼻を埋めて濃厚に甘ったるい汗の匂いを嗅いだ。

迫ってきた。

すでに経験している理沙が、快楽への期待に口走り、下からズンズンと股間を突き上げてきた。浩樹も腰を突き動かすと、あまりの心地よさで急激に高まり、絶頂が迫ってきた。

もちろん何度でも続けて出来るので、我慢する必要はない。

浩樹は次第に律動を激しくさせながら、上から理沙に唇を重ねて舌をからめ、熱く甘酸っぱい息に鼻腔を刺激された。

「く……！」

たちまち絶頂の波に巻き込まれて呻き、熱いザーメンをドクドクと注入すると、

「き、気持ちいいッ……、ああーッ……！」

理沙が噴出を受けた途端にオルガスムスに達し、ガクガクと狂おしく腰を跳ね上げながら膣内の収縮を活発にさせていった。

「すごいわ、本当にいってる……」

「どんな気持ちなのかしら……」

また夕香と恵利が身を寄せ合い、様子を見ながら話し合っていた。

浩樹は快感を噛み締めながら最後の一滴まで絞り尽くし、やがて満足して力を抜い

た。そして理沙のかぐわしい息を嗅ぎながら余韻を味わい、中に放ったザーメンを吸入していった。

全て吸い尽くすとヌルリと引き抜き、すぐに隣の夕香に迫っていった。

「お、男の人って、そんなにすぐ出来るの……？」

無垢な夕香でも、さすがに変だと思ったように言った。

しかし浩樹が先端を割れ目に擦りつけて位置を探ると、急いで覚悟を決めて身を投げ出してきた。

彼は処女の感触を味わいながら、ゆっくりと無垢な膣口に挿入していった。

張りつめた亀頭がズブリと潜り込むと、丸く押し広がった処女膜にキュッと締め付けられたが、ヌメリに助けられてヌルヌルッと根元まで入っていった。

「あう……！」

夕香は眉をひそめて破瓜の痛みに呻いたが、股間が密着すると支えを求めるように両手を伸ばしてきた。彼も身を重ねて乳首を吸い、甘ったるい体臭を嗅ぎながら左右の乳首を舌で転がした。

夕香の膨らみはそれほど大きくはないが張りに満ち、顔を押し付けると心地よい弾力が返ってきた。さらに汗ばんだ腋の下にも鼻を埋めて嗅ぐと、甘ったるく濃厚なミルク臭が鼻腔に広がった。

そして腰を突き動かすと、亀頭に付着した理沙の愛液の影響を受けてか、たちまち痛みが消え去り、夕香の内部に快感が芽生えはじめてきたようだ。

「アア……、なんか気持ちいい……、もっと突いて下さい……」

夕香が口走り、いつしか自分からも股間を突き上げてきた。

どちらにしろ浩樹が昇り詰めれば、彼の特殊能力によって、夕香も生まれて初めての膣感覚によるオルガスムスが得られるのだ。だから長引かせず、彼も一気にフィニッシュを目指してピストン運動を続けた。

上から唇を重ねると、夕香もチュッと彼の舌に吸い付き、熱く湿り気ある息を弾ませた。夕香の吐息も甘酸っぱい果実臭で、胸の奥が切なくなるほど可愛らしい芳香だった。

「い、いく……！」

たちまち浩樹は絶頂に達し、内部に勢いよくザーメンを放った。

「あ、熱いわ。何これ、すごくいい……、アアーッ……！」

夕香が噴出を受け止めながら声を上げ、激しく仰け反ってガクガクと痙攣した。膣内の収縮と締め付けも最高潮になり、彼女は粗相したように大量の愛液を漏らして何度も腰を跳ね上げた。

そんな様子を、恵利が息を呑んで見守っていた。

やがて夕香の中に全て出しきった浩樹は、満足しながら動きを止め、余韻に浸りながら内部のザーメンを吸収していった。

また淫気と勃起が甦り、彼は身を起こしてヌルッとペニスを引き抜いた。

「わ、私はもう少し後がいいわ。そんなに続けてしたら白木さんも大変だろうから」

まだためらいがあるように恵利が言い、浩樹も深追いしなかった。

「じゃ、ここらでバスルームに行こうか。もう三人の匂いは全部覚えちゃったから」

浩樹が言うと、恵利が頷いてベッドを降り、呼吸を整えた理沙が、浩樹と一緒にグッタリしている夕香を抱き起こし、四人でバスルームへと移動した。

洗い場に身を寄せ合ってシャワーの湯を浴び、全身を洗い流した。さすがに四人だと肌がくっつき合い、身体を流しても三人分の体臭が浴室内に籠もって浩樹の鼻腔を刺激してきた。

そこで彼は屹立したペニスを震わせながら、例のものを求めてしまったのだった。

「ね、三人ここに立って」

浩樹が床に座りながら言うと、三人は立って彼の顔を取り囲んで股間を向けた。

真ん中に理沙が立って股間を突き出し、両側からは夕香と恵利が彼の左右の肩を跨いで、彼もそれぞれの内腿を抱え込んだ。

「どうするの……？」

「三人で、僕にオシッコをかけて」

浩樹は、恥ずかしい要求に胸を高鳴らせ、はち切れそうにペニスが勃起した。

「まあ、そんな変態的なこと……」

夕香は驚いたように言ったが、すでに理沙が下腹に力を入れて尿意を高めているのを見ると、二人も慌てて息を詰めて力んだ。

浩樹は、顔を囲む股間を順々に舐めながら待つと、やがて理沙の割れ目から温かなオシッコがほとばしってきた。

4

「あん、本当にいいのね、顔にかかっても……」

理沙がチョロチョロと放尿するのを見て、自分もポタポタと温かな雫を滴らせながら夕香が言った。

さらに恵利も、ようやくオシッコをほとばしらせてきた。

何という贅沢な快感であろう。十八、九の女子大生が三人、しかもそのうちの一人は処女で、あと二人も彼自身が処女を奪ったばかり。その可憐な三人が一斉に彼の顔に向けてオシッコをかけてくれているのである。

もう今後一生、不幸が続いても仕方がないほどの幸福であった。

浩樹は順々に顔を向け、それぞれの温かな流れを口に受けて喉を潤した。

みな味も匂いも淡く控えめだが、三人分ともなると濃厚に悩ましい匂いが鼻腔を刺激してきた。

そして一人の流れを受け止めている間も、他の二人のほとばしりが肌を温かく伝い流れ、勃起したペニスを心地よく浸していった。

「飲むなんて、信じられない……」

夕香が言い、やがて順々に流れが治まっていった。浩樹はまた順々に割れ目内部を舐め回し、残り香の中で余りの雫をすすった。

「ああン……」

舐められるとみな喘ぎ、新たな蜜を溢れさせ、ヌラヌラと舌の動きを滑らかにさせていった。

「もうダメ、感じすぎるわ……」

夕香が言ってとうとう座り込むと、他の二人もしゃがみ込んで、あらためて皆でシャワーの湯を浴びた。そして身体を拭くとバスルームを出て、また全裸でベッドへと戻っていったのだった。

浩樹が仰向けになると、屹立したペニスに三人が群がってきた。

「すごいわ、こんなに勃《た》ってる」

「これが入ったのね……」

恵利と夕香が顔を寄せ、息づく肉棒に目を凝らしてきた。もちろん理沙も参加しているので、浩樹は三人分の熱い視線と息を股間に感じ、それだけでも果てそうなほど高まってしまった。

「ここは感じすぎるから、こっちから」

理沙が経験者ぶって言い、彼の両脚を浮かせて肛門を舐めてくれた。

彼女が口を離すと、すぐに夕香が舐め、ヌルッと潜り込ませ、さらに恵利も順番に愛撫してきた。

「アア……」

浩樹は夢のような快感に喘ぎ、それぞれの美少女の清らかな舌先を肛門で締め付けて味わった。やがて脚を下ろすと、三人は順々に陰嚢を舐めて睾丸を転がし、袋全体は三人ものミックス唾液に温かく濡れた。

そしていよいよ理沙が亀頭にしゃぶり付いてスポンと引き離すと、夕香と恵利も一緒になって裏側や側面を舐め上げてきた。やはり互いの舌が触れ合っても気にしていないので、レズごっこの経験はあるのだろう。

代わる代わる亀頭がしゃぶられ、ペニスは三人分の唾液にまみれて震えた。

口の中の温もりや舌の感触は微妙に違うが、どれも心地よく、もう彼は誰に含まれているかも分からなくなってきた。

「さあ、そろそろ恵利も体験しなさい」

理沙に言われ、恵利も決心したように頷いて身を起こした。

「上から跨ぐといいわ」

理沙が言って幹を指で支えると、恵利も跨がり、先端に割れ目を触れさせてきた。

位置が定まると、恵利は息を詰めてゆっくり腰を沈み込ませた。

張りつめた亀頭が処女膜を押し広げて潜り込むと、あとは重みとヌメリに任せてヌルヌルッと根元まで納まっていった。

「アアッ……！」

完全に座り込み、股間を密着させながら恵利が顔を仰け反らせて喘いだ。

「痛いのは最初だけよ。すぐ気持ち良くなるわ」

経験したばかりの夕香が見守りながら言い、やがて恵利は身を重ねてきた。

浩樹が抱き留め、処女の温もりと感触を味わいながら恵利の唇を求めると、見ていた二人も左右から添い寝して顔を寄せてきたのだった。

恵利に唇を重ね、チロチロと舌をからめると、左右から理沙と夕香も割り込むように舌を伸ばしてきた。

これも贅沢な快感である。浩樹は順々に三人の舌を舐め、三人分の混じり合った甘酸っぱい息で鼻腔を満たした。

「もっと唾を出して。いっぱい飲みたい……」

浩樹が言うと、三人とも懸命に愛らしい唇をすぼめ、分泌した唾液をトロトロと順番に彼の口に吐き出してくれた。

小泡の多い生温かな粘液が大量に流れ込み、彼はミックス唾液を味わいながらうっとりと飲み込んだ。

「唾を吐きかけて、顔中もヌルヌルにして……」

言うと、興奮に包まれている三人はためらいなく勢いよく吐きかけてくれ、浩樹はかぐわしい少女たちの息の匂いと唾液のヌメリに包まれ、ズンズンと股間を突き上げはじめた。

「ああン……」

恵利が痛そうに声を洩らしたが、愛液は充分なのですぐに動きは滑らかになっていった。

さらに顔を抱き寄せると、三人は浩樹の鼻の穴や両の耳、頰や瞼まで舐め回し、彼は肉襞の摩擦に包まれながら、美少女たちの唾液と吐息に酔いしれ、そのまま昇り詰めてしまった。

「く……！」

大きな絶頂の快感とともに呻き、ありったけの熱いザーメンをドクンドクンと柔肉の奥に勢いよくほとばしらせた。

「ああッ……、き、気持ちいいッ……！」

噴出を受けた恵利が声を上ずらせ、キュッキュッと締め付けながら自分も激しく腰を遣った。内部に満ちるザーメンで動きはさらにヌラヌラと滑らかになり、ピチャクチャと淫らな音を立てた。

彼は全て出し切り、満足しながら力を抜くと、恵利もガックリと突っ伏してきた。

そして甘酸っぱい果実臭の息を嗅ぎながら余韻を味わい、内部に放ったザーメンを残らず吸収していった。

「アア……」

恵利も満足げに声を洩らし、再び勃起したペニスを愛液のヌメリとともにヌルッと押し出して添い寝してきた。

「ね、誰かお口でして……」

まだ満足していない浩樹が言うと、理沙と夕香がペニスに顔を移動させ、一緒になって亀頭にしゃぶり付いてくれた。混じり合った熱い息が股間に籠もり、それぞれの舌が尿道口に這い、代わる代わる亀頭が含まれて吸い付かれた。

また彼はジワジワと絶頂を迫らせながら、グッタリしている恵利の顔を引き寄せ、喘ぐ口に鼻を押し込んでかぐわしい息を嗅いで高まった。

恵利も惜しみなく熱く湿り気ある息を吐きかけて荒い呼吸を繰り返し、たまにペロッと浩樹の鼻の穴を舐めてくれた。

「い、いく……」

浩樹は小刻みに股間を突き上げて口走り、どちらが含んでいるか分からない温かな口の中に勢いよく射精してしまった。

「ンンッ……」

含んでいたらしい夕香が呻き、喉の奥を直撃されて口を離した。すると理沙が、すかさず亀頭を含んで余りのザーメンを吸い出してくれた。

もちろん夕香も、第一撃を飲み込んでくれたようだ。

「ああ、気持ちいい……」

浩樹は快感に喘ぎ、恵利の口に顔を押し付けながら股間を突き上げ、心置きなく最後の一滴まで理沙の口の中に絞り尽くしていった。

すっかり満足し、彼はグッタリと身を投げ出した。

理沙もペニスを含んだまま口に入ったザーメンを飲み込んでくれ、ようやくチュパッと口を引き離した。

そして夕香と一緒に幹をニギニギしてしごき、濡れた尿道口を交互に舐め回して、滲む余りの雫まで念入りにすすってくれたのだった。

「あうう、も、もういいよ、どうも有難う……」

浩樹は過敏にヒクヒクと反応し、降参するように腰をよじって言った。

二人も舌を引っ込め、彼の内腿を枕に身を投げ出していった。

「ザーメンは生臭いけど、嫌じゃないわよね」

「ええ、それにセックスも、最初からこんなに気持ちいいなんて思わなかったわ」

理沙と夕香が彼の股間で話し合い、浩樹は恵利の甘酸っぱい口の匂いで鼻腔を刺激されながら、うっとりと快感の余韻を味わった。

本来なら絶対に縁の持てない美少女たちを、一度に三人も味わい、浩樹は呼吸を整えながら幸福を嚙み締めたのだった……。

5

「クラシックCDの第三弾ですか」

「ええ、前評判も良いので、三部作にしようという企画が持ち上がったの。最後は黒いドレスで」

美百合が、浩樹に言った。もうみんな退社したオフィスで、彼だけ残されて美百合から新企画の相談をされていたのだ。

「白、赤と続いて黒いドレスですか。いちばん大人っぽい感じですね」

「そうなの。やはり最後までプロのモデルは使いたくないので、うちで適当な人はいるかしら」

「それはもちろん、部長でしょうね。黒が似合う大人の美女なら」

「私……？」

言うと、美百合は驚いたようにレンズの奥の目を丸くした。それは思ってもいなかったようだ。

「ええ、他に考えられません。どうか部長で三部作を締めくくりましょうよ」

浩樹は熱く言った。

「出来るかしら……、何だか急に緊張してきたわ」

「そんな、瑠奈ちゃんや進藤さんだって素人なのに頑張ったんだから、部長に出来ないわけないです」

「そう……、それなら社長に打診してみるわ。でもＣＤだけじゃなく、君の評判も上々よ。降格して、いじけるかと思った根津も一生懸命に仕事をやり出したし、君には何か人を引きつけるオーラがあるわ」

「そうでしょうか。ならば嬉しいのですけど」

浩樹は言い、次第に股間が熱くなり、いつしか熱っぽい眼差しになった美百合の淫気も伝わってくるようだった。

彼にとって全ての始まりは、この美人部長であった。ザーメン吸入という特殊能力もさることながら、この美百合との縁が、全ての女性運をもたらしてくれたのだろうと思った。

「移動も面倒だから、ここでしましょうか」

美百合も声のトーンを変え、すでに彼の淫気の高まりを見透かしたように囁いた。

「い、いいんですか、社内で……」

仕事熱心な美百合がオフィスで求めるとは意外だったが、まあ浩樹自身も資料室で麻衣としているのだ。

「もうみんな帰ったわ。残っているのは私たちだけ」

美百合が言って立ち上がり、座っている彼に顔を寄せ、頰に手を当ててピッタリと唇を重ねてきた。メガネのフレームが冷たく頰に当たり、甘い花粉臭の息の匂いに、薄化粧の香りも混じって鼻腔を刺激した。

浩樹もうっとりと感触と匂いを味わい、ヌルッと潜り込んだ美百合の舌に吸い付きネットリとからみつかせた。

美百合の舌は長く、滑らかに蠢いて彼の口の中を舐め回し、生温かく清らかな唾液も注がれてきた。

「ンン……」

美百合は熱く鼻を鳴らし、彼の頬を両手で挟みながらグイグイと唇を押し付けて貪った。そしてようやく口を離すと、そのまま舌を伸ばし、彼の鼻をヌラリと舐め上げてきた。

「ああ、可愛い……」

美百合はうっとりと甘い息で囁き、浩樹も美女の舌のヌメリと匂いに酔いしれた。

やがて彼女は身を離し、自分でスカートをめくって靴を脱ぎ、パンストと下着を脱ぎ去ってしまった。

そして彼の前のデスクに座り、脚をM字に開いて割れ目を丸見えにさせたのだ。

浩樹も顔を寄せ、黒々と艶のある茂みに鼻を埋め、生ぬるい汗とオシッコの匂いに噎せ返りながら、濡れはじめている割れ目を舐め回した。

「アア……、いい気持ち……」

美百合は彼の頭に手をかけて押し付け、うっとりと喘ぎながら蜜を漏らした。

浩樹は舌を挿し入れて膣口の襞を舐め回し、淡い酸味のヌメリをすすってからツンと突き立ったクリトリスまで舐め上げた。

「そこ、もっと……」

美百合が後ろに手を突き、股間を突き出しながら言った。

彼もクリトリスに吸い付いては溢れる愛液を舐め取り、念入りに刺激してやった。

さらに尻の谷間にも鼻を埋め込み、ピンクの蕾に籠もった微香を嗅いでから舌を這わせ、襞を濡らしてヌルッと潜り込ませた。

「く……」

美百合が呻き、キュッと肛門で舌先を締め付けてきた。

そして彼女の前も後ろも味わうと、

「今度は私がしてあげる……」

美百合が言って体位を変えようとした。

「待って、ここも舐めたい……」

浩樹は言って、彼女の素足に鼻を埋め込み、指の股の蒸れた匂いを貪ってから、爪先をしゃぶって舌を割り込ませていった。やはりここも味わわなければいけない場所である。

両足ともしゃぶってから、気が済んだように顔を離すと、ようやく美百合も机から降りた。浩樹がズボンと下着を下ろし、ピンピンに勃起したペニスを露わにすると、美百合が膝を突いて顔を寄せてきた。

何やら、椅子にふんぞり返ったまま美人上司がしゃぶってくれるのは申し訳ない気がしたが、すぐにも快感に包まれていった。

美百合は先端を舐め回し、スッポリと喉の奥まで呑み込んで吸い付き、熱い息を股間に籠もらせながら舌をからめてくれた。

「ああ、気持ちいい……」

浩樹は、日頃みなが働いている神聖なオフィスで快感に喘いだ。

彼女も頬をすぼめて執拗に吸い、たっぷりと唾液にまみれさせて舌を蠢かせた。

「い、入れたい……」

すっかり高まった浩樹が言うと、美百合もスポンと口を引き離して身を起こしてきた。そして正面から彼の股間に跨がり、完全に裾をたくし上げて唾液にまみれた先端に割れ目を押し付けた。

事務椅子は肘掛けもないので、大股開きになれば難なく挿入できる。

亀頭が潜り込むと、あとは滑らかにヌルヌルッと根元まで吸い込まれ、彼女もピッタリと股間を密着させてきた。

「アアッ……、いいわ……！」

美百合が胸を突き合わせて熱く喘ぎ、キュッときつく締め付けてきた。

「ね、今日は安全だから中で出して、そのまま吸入しなくていいわ……」

彼女が言い、座り込んだままま動かず、ブラウスのボタンを外して左右に開き、ブラをずらして白い膨らみと色づいた乳首を突き出してきた。

浩樹も膣内の温もりと感触を味わいながら、潜り込むようにして彼女の胸に顔を埋め込んでいった。乱れたブラウスの中には、生ぬるく甘ったるい汗の匂いが籠もり、嗅ぐたびに悩ましい刺激で幹がピクンと反応した。

チュッと乳首に吸い付いて舌で転がすと、

「ああ……、もっと……」

美百合が熱く喘ぎ、彼の顔を抱きすくめてギュッと巨乳に押し付けた。

まさかオフィスで一つになるとは、浩樹ばかりでなく彼女も思っていなかったのだろう。愛液の量はいつにも増して多く、たちまち彼の股間までヌラヌラと生温かく潤ってきた。

浩樹も収縮の中で高まりながら、左右の乳首を交互に吸って舐め回し、顔中で柔らかな感触を味わった。

さらに顔を潜り込ませ、腋の下にも鼻を埋め、ジットリ汗ばんで甘ったるい汗の匂いに酔いしれた。

すると美百合が、徐々に腰を上下させ、何とも心地よい摩擦を伝えてきた。

浩樹も抱き締めながらズンズンと股間を突き上げてリズムを合わせると、事務椅子がギシギシと悲鳴を上げた。

やがて浩樹は彼女の白い首筋を舐め上げ、かぐわしい口に鼻を押し込み、湿り気ある花粉臭の息を胸いっぱいに嗅いで高まった。

「アア……！」

美百合も惜しみなく甘い息を吐きかけて喘ぎ、さらに舌を這わせてペロペロと彼の鼻の穴を舐め回してくれた。

「い、いきそう……」

「私もよ、いって……」

許可を得るように囁くと、美百合も息を弾ませて答え、膣内の収縮を活発にさせていった。

やがて浩樹は、夢中で舌をからめて美女の唾液をすすり、うっとりと喉を潤しながら動き続け、とうとう絶頂に達してしまった。

「く……！」

大きな快感に呻きながら、熱い大量のザーメンをドクドクと注入すると、

「い、いく……、気持ちいいわ……、ああーッ……！」

噴出を受け止めた美百合も、同時にオルガスムスに達して声を上ずらせ、ガクンガクンと狂おしい痙攣と収縮を繰り返した。

浩樹は肉襞の摩擦の中、美女の匂いで鼻腔を刺激されながら心ゆくまで快感を噛み締め、やがて最後の一滴まで出し尽くしていった。

そして満足しながら突き上げを弱め、グッタリと力を抜いていった。

「ああ……、すごかったわ……」

美百合も声を洩らし、強ばりを解きながら彼にもたれかかってきた。浩樹は膣内の収縮に刺激され、ヒクヒクと過敏に幹を震わせ、熱く甘い息を嗅ぎながら、うっとりと快感の余韻に浸り込んだ。

そして互いに荒い呼吸を繰り返しながら、彼はまた明日からこのオフィスで課長として仕事に邁進《まいしん》し、一方で女性たちとの快楽を追求していこうと思ったのだった。

（了）

※本作品はフィクションです。
作品内の人名、地名、団体名等は
実在のものとは関係ありません。

＊本作に登場する忍法「馬吸無」は、山田風太郎「〆の忍法帖」（ちくま文庫『姦の忍法帖』に収録）を参考に致しました。

長編小説

ゆうわく艶《えん》ドレス

睦《む》月《つき》影《かげ》郎《ろう》

2016年6月27日　初版第一刷発行

ブックデザイン……………………橋元浩明（sowhat.Inc.）

発行人……………………………………………後藤明信
発行所…………………………………株式会社竹書房
〒102-0072　東京都千代田区飯田橋2－7－3
電話　03-3264-1576（代表）
03-3234-6301（編集）
http://www.takeshobo.co.jp
印刷・製本…………………………凸版印刷株式会社

ISBN978-4-8019-0753-9　C0193